Anonymous

Die Russischen Judenverfolgungen

Fünfzehn Briefe aus Südrussland

Anonymous
Die Russischen Judenverfolgungen
Fünfzehn Briefe aus Südrussland
ISBN/EAN: 9783743392328
Hergestellt in Europa, USA, Kanada, Australien, Japan
Cover: Foto ©Andreas Hilbeck / pixelio.de

Weitere Bücher finden Sie auf **www.hansebooks.com**

Die Russischen Judenverfolgungen.

Fünfzehn Briefe aus Süd-Rußland.

Der Reinertrag ist zur Unterstützung der russischen Juden bestimmt.

Frankfurt a. M. 1882.

Verlag von J. Kauffmann.

Die russischen Judenverfolgungen.

Nach den Konsularberichten, welche die „Times" vor einiger Zeit auszugsweise nach dem Blaubuche veröffentlicht hat, könnte es scheinen, als ob die Mittheilungen, welche das genannte Weltblatt früher gemacht hat, übertrieben wären. Dies ist keineswegs der Fall. Wohl aber ist es anzunehmen, daß den Konsuln gefärbte Berichte zugingen, was um so glaublicher ist, als die in Rußland lebenden Juden aus unschwer zu begreifenden Rücksichten mit ihren Aussagen sehr zurückhalten. Sogar die Ausgewanderten konnten nur durch Zusicherung größter Diskretion zu genaueren Mittheilungen bewogen werden, weil sie für ihre zurückgebliebenen Angehörigen um so Schlimmeres befürchteten. Es dürfte daher von Interesse sein, wenn wir nach den **Briefen eines Augenzeugen**, der eigens nach den meistbetroffenen Plätzen gereist ist und über seine Wahrnehmungen an ein englisches Blatt berichtet hat, einige ausführlichere Mittheilungen machen. Zugleich können wir versichern, daß hierher gelangende Privatbriefe die herzzerreißendsten Schilderungen von den fortdauernden Mißhandlungen aller Art geben. Wenn die russische Regierung angeblich eine Besserung davon hofft, daß die Juden mehr im Innern angesiedelt würden, so liegt die Tendenz einer solchen Maßregel gar zu klar auf der Hand: man will ihre Behandlung den Augen Fremder entziehen und ihre Auswanderung, die man jetzt schon auf alle mögliche Weise zu hindern sucht, ganz unmöglich machen.

I.

Aus Kiew schreibt der Korrespondent seinem Blatt unterm 23. Juni 1881: „Da ich mit Einführungsschreiben an die hervorragendsten Mitglieder der jüdischen Gemeinde versehen war, so verlor ich keine Zeit, meine Beglaubigungen abzugeben. Unter den Ersten, die ich besuchte, war Herr David Margolin, einer der größten Schiffseigenthümer hier, und Herr Meyer Lewin, der älteste jüdische Einwohner von Kiew, beides Kaufleute erster Gilde, und beides Leute, auf deren Aussagen man sich durchaus verlassen kann. In deren Begleitung besuchte ich den Oberrabbiner Dr. Zuckermann und mit diesem den berühmten Augenarzt Dr. E. Mandel-

stamm, seinen Glaubensgenossen und Präsidenten des lokalen Hülfs=
Comité's für die unglücklichen Juden. Ihre Leser, die sich die südrussischen
Juden vermuthlich nach den unappetitlichen Exemplaren der niedersten
Klasse Litthauens und Galiziens vorstellen, wünschen vielleicht etwas über
diese Repräsentanten der Gemeinde von Kiew zu wissen. Dr. Zuckermann
ist ein gebildeter, blonder, durchaus nicht jüdisch aussehender Mann, ohne
die geringste Spur von Rabbinerthum. Er spricht reines Deutsch und
noch reineres Russisch, ist außerordentlich höflich und trägt nicht einmal
das gewöhnliche geistliche Scheitelkäppchen. Dr. Mandelstamm ist wenn
möglich von noch weniger jüdischem Aeußeren; sein Ruf als Augenarzt
zieht aus ganz Rußland Kranke zu ihm hin, auf eigene Kosten hat er
eine unentgeltliche Armenklinik gegründet und unterhält sie, ja er verpflegt
die darin behandelten Armen völlig auf seine Kosten. Diesem Herrn,
sowie den Advokaten Zeltner, Ravitzky und Goldenburg verdanke ich viele
werthvolle Mittheilungen. Für jeden Fall, den ich erzähle, bürgen diese
Herren; vom bloßen Hörensagen berichte ich gar nichts.

Was die Zustände betrifft, unter welchen die Juden hier leben, so
muß man wissen, daß keinem Juden der Aufenthalt in Kiew erlaubt ist,
der nicht Kaufmann erster Gilde, Gelehrter oder Handwerker ist. Für das
Recht, dort zu wohnen, muß der Jude als Kaufmann erster Gilde 800
Rubel per Jahr zahlen und eine bestimmte Anzahl von Angestellten und
Dienerschaften halten. Ein Christ braucht nur Kaufmann zweiter Gilde
zu sein, was 200 Rubel jährlich kostet. Sowie der Jude nicht mehr so=
viel zahlen kann, muß er fort; stirbt er, so haben seine Kinder nicht das
Recht, zu bleiben. „Ich", sagte Herr Lewin zu mir, „kann meines
Geburtsortes mich erinnern, ich kann mich der Zeit erinnern, da ich nach
Kiew kam; wenn mir befohlen wird, zu gehen, kann ich den Befehl
begreifen. Aber meine Kinder sind hier geboren, sie haben keinen anderen
Geburtsort, außerhalb Kiews keine Heimath. Wohin sollen sie gehen,
wenn ich nicht mehr bin und sie vielleicht nicht im Stande sind, Kaufleute
erster Gilde zu werden? Ein Hund hat das Recht zu laufen, wohin er
will; er kann die Luft von Kiew athmen. Aber mein 38jähriger Aufent=
halt, meine 30jährigen Zahlungen, die Thatsache, daß ich und die Meinigen
alle unsere Pflichten gegen den Staat erfüllt haben, geben meinen Kindern
kein Recht, hier zu leben, einfach weil — sie Juden sind! Wir haben
alle Pflichten, keine Rechte des Bürgers." Noch ein Beispiel. Die Aeltesten
in jeder Stadt werden aus der ersten Gilde gewählt, aber gesetzlich dürfen
die Juden nicht mehr als ein Drittel der Versammlung ausmachen. In
Städten, wo die Juden die Mehrheit haben, sind ihre Interessen daher
stets der Gnade der nichtjüdischen Mehrheit des Gemeinderaths preisgegeben.
In Prinsk z. B. wohnen etwa 15,000 Juden; daneben 500 Christen als
Kesselflicker u. dgl. Nichtsdestoweniger haben die Juden ein Drittel des
Raths zu besetzen, die kleine christliche Bevölkerung besetzt die anderen
zwei Drittel. — Die jüdischen Handwerker dürfen in Kiew wohnen, aber
weder sie selbst noch ihre Kinder gehören nach Kiew, sie zahlen ihre

Steuern an ihren Herkunftsort und können jederzeit gezwungen werden, in einem der drei Ghetto's zu wohnen, welches ihnen die Polizei anweist. Nun sind in Kiew mehr als 15,000 Juden. Zu der ersten Gilde und den Gelehrten zählen nur hundert; die anderen können unmöglich alle Handwerker sein. Sie sind es auch nicht, sondern halten sich hier nur auf, weil in Rußland Bestechung Alles möglich macht. Jeder unrechtmäßig sich hier aufhaltende Jude ist eine Erwerbsquelle für den Tschinownik, den niederen Beamten. Jede Drohung der Ausweisung bringt ihm Geld, da die Elenden in ihrem Geburtsort buchstäblich verhungern müßten. Eine Razzia auf die armen Juden ist nur eine Gelegenheit für weiteres Trinkgeld. Daher stammt die Opposition der russischen Beamten gegen eine Verbesserung der Lage der Juden.

Großartig sind die Fortschritte an Bildung, die die Juden in den letzten fünfzehn Jahren in Kiew machten. Es ist lächerlich, die südrussischen Juden als kulturfeindlich darzustellen. Die Juden mit Ringellocken und Kaftan sind hier unbekannt. Man gehe in das fashionable Café Semadeni, und man wird den wohlhabenden Juden in hellem Anzug seinen Nachmittagsthee oder Abendkaffee nehmen sehen; er gleicht einem behäbigen englischen Gutsbesitzer. Man gehe hinunter in die Altstadt (Podol), wo der Jude der Mittelklasse wohnt; dort wird man ihn in modischem Anzug vor seinem kleinen „Magazin" stehen sehen. Man gehe in die Vorstadt, und man wird die jüdischen Handwerker, Arbeiter, kräftige Schmiede in Jacke und Schürze, Fuhrleute und Taglöhner sehen in dem Anzug ihres Gewerbes, wie sie z. B. die seltsamen kleinen Wagen mit noch seltsameren kleineren Pferden, mit Lebensmitteln beladen, nach dem Markt fahren. Nirgends ist die altmodische Tracht mehr zu erblicken. Die Juden haben jeden Beruf ergriffen, der ihnen offen stand. Hier sind zehn Advokaten, alle Juden; ein halbes Dutzend Aerzte, darunter der größte Augenarzt Dr. Mandelstamm, der beste Accoucheur, Dr. Finckel, und der fashionable Zahnarzt Dr. Perles. Mehr als 300 jüdische Zöglinge besuchen die vier Gymnasien, und 150 Studenten die hiesige Universität. Und dabei sind den Juden gar keine Stellen zugänglich. Dr. Mandelstamm wurde dreimal von seinen Kollegen zum Universitätsprofessor vorgeschlagen, jedoch niemals bestätigt. Die Advokaten läßt man gewähren, weil man sie haben muß; aber nicht die geringste Richterstelle steht ihnen offen. Ebensowenig irgend welches Lehramt.

Und wieviel haben die Juden für die Stadt Kiew gethan! Wer wußte von Dampfern auf dem Dniepr, ehe die Juden sie einführten? Was wußten die Russen von einer Bank, ehe die Juden solche errichteten? Die beiden großen Märkte außerhalb der Stadt wurden von Juden errichtet. Jüdische Konkurrenz hat die Preise ermäßigt. Aus einem großen Dorf haben die Juden allein Kiew zu einer bedeutenden Stadt und einer Handelsstadt gemacht, und das Volk weiß es auch. Mehr als einmal wurden die Juden vertrieben, und das Geschäft verließ den Platz. Die Waaren stiegen enorm, man mußte die Juden zurückholen. Und der arme Jude, vergessend Striemen und Verluste, Leiden und Schimpf, suchte Trost in seinen heiligen Schriften, und kehrte zurück. Die angebliche „Ausbeutung" ist reiner Unsinn. In dem ganzen Gebiet von Kiew existirt nicht ein Geldverleiher, und alle hervorragenden Gemeindeglieder versichern mich, daß hier niemals Wucher von Juden getrieben ward. Worin die „Ausbeutung" wirklich besteht, mögen folgende Worte des obengenannten Herrn Lewin klar machen: „Vor 25 Jahren kam ich nach Kiew. Wie verstand der Russe das Geschäft? Er schlug auf jeden Artikel 100 pCt. und verkaufte ihn an die, die zu ihm kamen. Von fremden Märkten oder geringerem Nutzen hatte er keinen Begriff. Ich kam als Fremder. Wie konnte ich Kunden anziehen? Durch billigeren Verkauf. Ich begnügte mich mit 50 pCt., da kam ein anderer Jude und nahm nur 40 pCt., ich folgte seinem Beispiel. Nun kamen wieder andere Juden mit Kapital, und jetzt sind wir froh, wenn wir 20 pCt. auf unseren Kostpreis erzielen. Aber das Volk hat den Nutzen davon gehabt. Daß wir dem Russen seinen enormen Profit entzogen, das kann er nicht vergessen, das nennt er Ausbeutung, und hierin liegt der Schlüssel zu der gegenwärtigen Lage. Die jüdische Konkurrenz wird gefürchtet. Die Moskauer Fabrikanten wissen, daß, wenn die Juden ihnen gleichgestellt werden, im ganzen Land Fabriken entstehen, und der Bauer nicht länger enorme Preise für seine entsetzlich grobe Kleidung zu zahlen haben wird. Die Tschinowniks (Beamten) wissen, daß, wenn der Jude Land erwerben darf, sie nicht ferner kolossale Strecken für lächerliche Preise kaufen können, da der Russe kein Kapital hat" . . . . Unter den Bauern herrscht gar keine Feindschaft gegen die Juden; sie ist eine Mythe. Viele Beweise werden erzählt, die darthun, daß dem so ist. Einer der Bauern kam von Kiew zurück direkt aus Haus seines jüdischen Nachbars, zerbrach Fenster und Thüre, zerstörte das Mobiliar und prügelte den Eigenthümer. Dann wandte er sich an diesen und sagte: „Nun sieh, was Du mich hast thun machen. Ich muß Dich prügeln und Deine Sachen zerbrechen. Gib mir wenigstens ein Glas Wodki für meine Bemühung!" Ein anderer Arbeiter kam von Kiew an seine Dorfschenke und sagte zu dem Wirth: „Moschka, der Czar hat die Juden in den Städten zu schlagen und auszutreiben befohlen. Soll ich Dir's jetzt auch so machen oder willst Du warten, bis der Befehl hierherkommt?" — „Warte lieber", sagte Moschka, und der Arbeiter wartete. Wenn der Bauer betrunken ist, freilich, wird er zur Bestie, die zu allen Schandthaten fähig ist.

Die jüngsten Ausbrüche hier wurden von oben geschürt. Der „Muschik" war nur die Katzenpfote, welche sich für Andere die Finger verbrannte. Die Gährung herrschte schon lange unter den Mittelklassen der Stadt, nicht unter den Bauern. Seit zwei Jahren schon hetzt das halboffizielle, von der Behörde subventionirte Blatt „Kiewlanin" in gehässigster Weise gegen die Juden, indem es sie in jeder nur möglichen Weise verleumdet und beschimpft und zwar unter Connivenz der Behörde. Die Ausbrüche waren wohl organisirt, Geld in Fülle vorhanden, um

bekannte Personen an die Spitze der Agitation zu stellen. Morgen werde
ich den Schauplatz der Unruhen aufsuchen und Näheres über die beiden
Schreckenstage zu erfahren trachten.

II.

Dem zweiten Brief aus Kiew, 26. Jan. 1881, entnehmen
wir Folgendes: Kiew liegt auf den beiden Abhängen eines entsetzlich
steilen Hügels. Die Altstadt (Podol) liegt im Thal zur Seite des
Dniepr, und einen der schönsten Anblicke bietet von der Spitze des
Hügels die Stadt und der sich schlängelnde Fluß, ihre regelmäßigen
Straßen, mit ihren scheinbar winzigen Häusern, ihren grünen und rothen
Dächern, und den schöngebauten Kirchen mit ihren vielen Kuppeln, alle
vergoldet und smaragdgrün, die sich über den anderen Gebäuden von einem
blauen wolkenlosen Himmel abheben. Das neue fashionable Centrum
stößt an das „Chreftschatyik" (wörtlich Taufplatz) am Abhang auf der
andern Seite. Indem wir durch diese belebten Straßen fahren, welche
Droschka's und kleine Ochsenkarren fortwährend passiren, biegen wir um
die Ecke und kommen in die Alexandrowska Ulica, eine ganz jüdische
Straße. Fast jeder zweite Laden gehört einem Juden. Kleider- und
Tuchläden, Kurz- und Spezereiwaarenhandlungen, Tabakstrafiken und
Restaurationen, alle werden von Juden gehalten. Und da stehen oder
sitzen sie an der Thür, wie in London, — keine Locke oder Kaftan darunter.
Wenn man genauer die „Magazine" betrachtet, so sind die Spuren der
jüngsten Vorfälle nur zu deutlich. Die besseren Geschäfte haben alle neue
Thüren, neue Fenstergesimse, und viele davon neue Schilder. Die ärm-
licheren fallen noch mehr ins Auge: die Fenster sind noch zerbrochen,
Simse und Schilder zerschmettert, Verputz hängt herunter, und, was noch
bemerkenswerther ist, im Laden gar nichts, als zerbrochenes Holz und
zerstörtes Mobiliar. Sogar bei Denen, die das Geld auftreiben konnten,
um die nöthigen Reparaturen machen zu lassen, ist der ganze Vorrath
im Schaufenster. Der Rest ist zu ziemlich gleichen Theilen unter die
Plünderer und die Polizei vertheilt worden. Wir fahren etwas weiter
zum Alexandrowski Bazar (Markt). Hier begannen die Unruhen an dem
denkwürdigen Sonntag Morgen vor etwa sechs Wochen. Hier war das
Rendezvous; hier wurde Alles arrangirt; denn es waren verschiedene
Haufen, gehörig eingetheilt und geführt. Der Bazar besteht aus verschiedenen Reihen kleiner Holzbuden, in welchen sich die mannigfachsten
Gegenstände finden, Rosenkränze und Heiligenbilder, Schuhe und Stiefel,
Zinn- und englische Waaren, Schwarzbrod und gesalzene Fische, Eisen-
stückchen und alte Seile. Auf jeder Seite sind solide und geräumige
einstöckige Gewölbe, die enorme Vorräthe enthalten. Vor diesen, welche
Juden gehören, sammelte sich der Pöbel in gefahrdrohendem Schweigen.
Die Sache war von langer Hand vorbereitet; die Affaire in Elisabethgrad hatte sie zum Gipfelpunkt gebracht; nur der Oberrabbiner Dr. Zuckermann hatte Nachricht bekommen, daß am Sonntag Morgen der Angriff

losgehen würde. Zuckermann und einige andere hervorragende Gemeinde-Mitglieder besuchten den Gouverneur General Drentelen, um ihn auf die Nothwendigkeit von Vorsichtsmaßregeln aufmerksam zu machen. Drentelen gab ihnen den Rath, die Juden sollten ihre Läden schließen und zu Hause bleiben; das war Alles! Der Rabbiner bemerkte, es würde besser sein, die Ansammlungen des Pöbels zu verhindern. Der Gouverneur lehnte es auf das Bestimmteste ab. Und seine Antwort auf weitere Bitten war, „daß er seine Soldaten nicht wegen eines Judenpacks belästigen wolle!" Diese Antwort ist mir von den Herren mitgetheilt worden, an welche sie gerichtet war.

So war denn das Werk der Aufrührer leicht genug. Das Einschlagen und Plündern begann bei einem Mehldepot, drei Schritte von der Ecke; natürlich gehörte es einem Juden. Die schweren eisernen Thore wurden eingedrückt, die Säcke herausgeschleift, der Inhalt zum Theil fortgeführt, zum Theil ruinirt. Polizei und Militär kam und schaute zu! Mehr Polizei und Militär kam und half zusehen! Als sie sahen, daß Niemand einschritt (ein halbes Dutzend Kosaken würde genügt haben), fingen sie erst recht an. Mit den hölzernen Bauten machten sie kurzen Prozeß, und dann ging es zu jedem jüdischen Laden im Bazar, in der Alexandrowskaja-Straße und in dem Podol, zerschlagend, zerbrechend, zerreißend Alles, was ihnen in den Weg kam; sie schlugen jeden Juden nieder, der ihnen begegnete, verfolgten die Frauen auf den Straßen, beraubten die Juden auf offener Straße und begingen, mit den Worten des Advokaten Ravitzky zu sprechen, jede schändliche, jede verbrecherische Handlung, die man kennt; es existirt kein Verbrechen, das nicht an diesem und den folgenden Tagen begangen wurde. Die Männer wurden verletzt, die Frauen entehrt, Frauen wurden nackt ausgezogen und durch die Straßen gepeitscht unter den Augen der Soldaten und Polizisten. Dr. Mandelstamm erzählte mir als Augenzeuge: „An der einen Ecke des Magazins stand die Polizei, an der anderen die Soldaten mit ihren Offizieren. Zwischen beiden, gleichsam um geschützt zu sein, der Pöbel, plündernd und raubend; von Zeit zu Zeit, wenn die Zerstörung des Ortes fertig war, rief die Polizei: Weiter, weiter! als ob sie den Pöbel zur Fortsetzung einladen wollte. Und so ging der Pöbel denn auch weiter; auf der einen Seite von der Polizei und auf der andern vom Militär begleitet. Das dauerte bis spät in die Nacht. Spezereiläden, Lichter- und Seifenmagazine und Branntweinkeller wurden ausgeleert, und nun begann die Periode der Trunkenheit. Welche Thaten da begangen wurden, wird niemals ganz bekannt werden. Es genüge mitzutheilen, daß 5 Frauen — 3 verheirathete und 2 junge Mädchen — so vom Pöbel mißhandelt wurden, daß sie am folgenden Morgen starben. Und das waren nur 5 von den 8 Morden, die in Kiew, wo eine Garnison von 40,000 Mann steht, unter den Augen des Generalgouverneurs begangen wurden. Die Schrecken jener Nacht, da man nicht wußte, was der nächste Tag bringen würde, kann man sich ausmalen.

Unter dem Eindruck, daß die Plünderung erlaubt sei, kam am nächsten Tag der Pöbel in noch größerer Anzahl in die Stadt. Da sah man Bauern mit ihren Wagen, um die Waaren der Juden fortzuschleppen; anständig gekleidete Leute, die von den Plünderern Tuchwaaren, Zucker= hüte, Säcke mit Materialwaaren in Empfang nahmen und in Droschken fortfuhren, Kosaken zu Pferd, die unter ihre Sättel, und Polizeisoldaten, die unter ihre Röcke Sammt und Seide, Uhren und Juwelen stopften, welche der dankbare Pöbel ihnen reichte. Ein jüdischer Zahnarzt erzählte mir, daß ein Kosakenoberst, der während des Aufruhrs zwei Zähne verlor, zu ihm kam, um sich andere einsetzen zu lassen. Im Laufe der Unter= haltung versicherte der Oberst, seine Leute hätten so viele gestohlene Waaren nach der Kaserne gebracht, daß er sie hätte sammeln und ver= brennen lassen müssen, aus Furcht, daß die Sache herauskäme und seine Leute vor ein Kriegsgericht gestellt würden.

Von der Altstadt bringt uns eine dreiviertelstündige Fahrt durch die ungepflasterten staubigen und sandigen Straßen nach der Vorstadt Predmaistye. Hier begannen die Unruhen am Sonntag Abend. Der Pöbel in Podol hatte sich des Nachmittags in drei Parthien getheilt, deren eine hierher kam. Sie langte um 6½ Uhr an, und alsbald begannen die Operationen. Jeder Jude wurde angegriffen, jedes jüdische Haus wurde im Vorübergehen angezündet, nachdem zuvor Fenster und Thüren zertrümmert worden. Die ganze Vorstadt ist jetzt voller Trüm= mer. Das erste hölzerne Magazin in der Mitte der Straße ist total niedergebrannt, und Arbeiter sind mit dem Wiederaufbau beschäftigt. Von dem nebenan befindlichen, das einem Juden Namens Perlmann gehörte, stehen nur noch die Fundamente, anderthalb Fuß über der Erde; das Gebäude bedeckte ursprünglich einen Raum von 2000 Quadratfuß. Von dem ganzen Gebäude sammt dessen Inhalt blieb dem Besitzer nicht das Allergeringste; er ist gänzlich verarmt. Auf der rechten Seite der Straße ist von den etwa 15 einstöckigen, aus Ziegelsteinen erbauten Häuschen nichts als herumliegende Ziegelsteine und verbranntes Holz zu sehen. Am Meisten hat hier Herr Bornspolski gelitten. Er führte mich durch sein Magazin und Wohnhaus; jedes Fenster, jede Thüre ist zerbrochen, jedes Möbel zerstückelt, aus dem Clavier alle Saiten mit größter Gewalt herausgerissen, verbogen, zerschnitten, die steinernen Wände zeigen die Spuren der zu ihrer Zerstörung gemachten Versuche. Der Hof ist bedeckt mit zerbrochenem Hausrath und Bettfedern. Der Keller wurde buchstäblich ausgebrannt, nachdem der Pöbel, erst 150 Mann stark, dann durch 500 Arbeiter aus der gegenüberliegenden Zuckerfaktorei verstärkt, sich im Branntwein buchstäblich gewälzt hatte; die Seifen= und Lichterfabrik dahinter wurde zerstört. Einen Theil seines Hauses hatte Bornspolski an einen Apotheker vermiethet; bei diesem, einem Christen, saß inzwischen der Polizeibeamte und trank Wudki mit ihm. Der Verlust B.'s wird auf mindestens hunderttausend Rubel geschätzt.

Von hier aus besuchte ich die Synagoge in der Dmijesska; auch in dieser war Nichts der Zerstörung entgangen. Die hebräischen Rollen und Bücher waren zerrissen; ich sah ein ganzes Zimmer vollständig gefüllt mit den zerrissenen Blättern. Eine zweite Synagoge war auf den Grund niedergebrannt. Ein jüdisches Haus wollte nicht in Flammen aufgehen, obgleich es siebenmal angezündet worden. Wären nicht Russen eingeschritten, die für ihre eigenen hölzernen Häuser fürchteten, so würde nicht ein einziges jüdisches Gebäude übrig geblieben sein. Diese Beispiele sind nur wenige aus Hunderten in der Nachbarschaft. Wie die armen Juden selbst behandelt wurden, kann man sich denken. Frauen wurden herausgerissen, entkleidet, gepeitscht und dann noch brutaler behandelt. Ein unglückliches Weib, mit dem ich sprach, Namens Pikarski, erzählte mir eine traurige Geschichte. Als der Pöbel den Inhalt mehrerer Branntweinfässer getrunken und ausgeschüttet hatte, machten sie ein großes Feuer daraus, und schleppten das hülflose Weib heraus, um es in die Flammen zu werfen. Da geruhte doch der Isprawnjik, den Wodki zu verlassen und Vorstellungen zu machen. „So weit", sagte er, „braucht man nicht zu gehen." Entkleidungen, Peitschungen und Entehrungen schienen ihm nicht zu viel. Eine andere Frau erzählte, daß der Pöbel ihre Familie nicht aus dem angezündeten Hause herauslassen wollte. Sie schrie zu dem Befehlshaber einer nahen Reiter-Abtheilung: „Helfen Sie uns, Herr Oberst, helfen Sie uns!" „Was soll ich thun?" fragte kaltblütig der Offizier, indem er seinen Schnurrbart drehte. „Uns helfen! Man hat uns unser Haus angesteckt, und wir werden verbrennen!" „Nun", war die humane Antwort, „verbrennt! Es ist kein großer Unterschied, ob Ihr jetzt oder später verbrennt!"

Von Brednaistye fuhr ich nach Salomenta außerhalb der Stadt. In dieser Vorstadt wurden bei den Unruhen drei brutale Morde verübt. Da hierüber keine Details veröffentlicht werden durften, legte ich großen Werth darauf, selbst das Haus Dondukoff, wo die Greuel verübt wurden, zu besuchen. Die Straße, in welchem sich das Haus befindet, enthält etwa zwanzig Häuser auf einer Seite. Auf der anderen Seite befindet sich nur die Kaserne mit einem Infanterie-Regiment. Die Kaserne ist zweistöckig, mit vielen Fenstern versehen, von denen die im Parterre bis auf den Boden reichen; und die Mitte des Gebäudes liegt gerade dem Hause Dondukoff gegenüber, so daß man alles dann Vorgehende sehen kann. In diesem Hause wohnen mehrere Juden; einer, Mordechai Wienarski, hält eine Schenke. Am Sonntag Abend langte hier der zweite Pöbelhaufe von Podol an, toll vor Trunkenheit und Uebermuth. Sofort zerstörten sie die Schenke, einen armen Juden, Namens Pessakoff, zerrten sie heraus und schlugen ihn todt — der arme Mann hinterläßt eine Wittwe mit sieben Kindern. Hinaufstürmend, fanden sie einen alten Mann krank zu Bett; er wurde mißhandelt, daß er am folgenden Morgen starb. Und dann wurde die schimpflichste, grausamste und herzzerreißendste That der ganzen Tragödie vollführt, wie sie nur der trunkene „Muschif" verüben kann. Beim Herannahen des Pöbels floh das Weib des Bewohners,

Mordechai Wienarski, mit ihren Kindern in eine Bodenkammer. Ein armes Kind von drei Jahren war in der Aufregung vergessen worden. Als der Pöbel hinaufkam, fand er das arme Ding zitternd vor Angst in einer Ecke. Und was thaten die Führer dieser Entmenschten? Sie ergriffen das Kind, packten es bei den Beinchen und warfen es vorsätzlich hinunter auf den Boden. Es blieb sogleich todt. Und dies geschah im Angesicht des Militärs. Das bedauernswerthe Weib erzählte mir die Geschichte mit Thränen in den Augen. Und als ich so da stand in dem glänzenden Sonnenlicht, hallte das Gelächter und Schwatzen der Soldaten, die herumlungerten und auf den Fensterstimsen saßen, über die Straße herüber und machte die Geschichte noch erschütternder. Ich konnte kaum glauben, daß hier bei hellem Tag, vor einer Kaserne voll Soldaten und vor dem Militär in den Straßen ein armes Kind von drei Jahren so barbarisch ermordet worden war.

III.

Kiew, Montag, 27. Juni 1881.

Szenen, wie ich sie gestern beschrieb, hatten während der auf die hiesigen Angriffe folgenden Tage in beinahe jedem größeren Dorf im Gouvernement Kiew, wo Juden wohnen, statt. Vollständige statistische Notizen existiren bis jetzt nicht. Aber das Hülfs-Comité hat mir folgende Ziffern mitgetheilt. In Konotop sind mehr als zweihundertfünfzig Familien — Familien, nicht Personen — total ruinirt; in Schmerinka mehr als sechshundert Familien; in Uschow zweihundertvierzig Familien; in Abruschow dreihundert Familien und in Smjelow sechszehnhundert Familien. An letzterem Platz bekamen die Juden einen Vorgeschmack von der ihnen versprochenen „Gleichstellung". Der Gouverneur ließ 36 der vom Pöbel angegriffenen Juden packen und sammt ihren Angreifern gehörig peitschen, ein ächt russisches und sehr logisches Verfahren. Denn wenn keine Juden in Smjelow gewesen wären, hätte dort auch keine Judenhetze sein können. „Ergal", wie ein ähnlicher Funktionär sagte, sind die Juden schuld an der ganzen Geschichte.

Obiges Verzeichniß nennt nur die großen Dörfer im Distrikt. Aber die armen Juden an isolirten Plätzen haben schrecklich gelitten. Es war mir noch nicht möglich, eines der entfernteren Dörfer zu besuchen, ich beabsichtige es aber im Rückweg zu thun. Hier, in der unmittelbaren Nachbarschaft, in Predmaistye selbst, ist die Lage der in Schuppen oder unterirdischen Gelassen zusammengepreßten Juden bemitleidenswerth genug. Die Kinder laufen herum, barfuß, nur mit einem oft zerlumpten Hemde bekleidet. Die Frauen sitzen auf den Stufen, schlecht gekleidet, und schlecht genährt. Wie es in den entfernteren Flecken aussehen mag, daran möchte man lieber nicht denken.

Das Benehmen der hiesigen Behörde seit den jüngsten Unruhen zu charakterisiren, sind keine Ausdrücke stark genug. Am Tage des Aufruhrs selbst, am 26., brachte das halboffizielle Organ des Gouverneurs, der „Kiewlanin", einen heftigen Angriff gegen die Juden, worin die alsbaldige Ausweisung der nicht gesetzlich zum Aufenthalt Berechtigten und die sofortige Fortschaffung der Aufenthaltsberechtigten in die speziellen Judengassen gefordert wurde. Die Austreibung hat auch begonnen und wird in diesem Augenblicke unnachsichtlich fortgesetzt. Arme Hausirer, die täglich ein Paar Kopeken in den Straßen von Kiew zusammenbrachten, werden ohne Gnade verjagt. Welche Wirkung diese Austreibung auf den Muschik hat, der ohnehin schon prahlt, daß ihn Polizei und Militär bei seinem Raubzug begleiteten, damit ihn die Juden nicht hindern konnten, ist leicht zu denken. Der „Czar", sagt er, hat befohlen, den „Jid" hinauszutreiben. Und es ist sicherlich bemerkenswerth, daß nicht ein Wort des Tadels gegen die jüngsten Unruhen von offizieller Seite gefallen ist. Wenn das kleinste Dörfchen im Norden abbrennt, schickt der Czar eine Beileidsbezeugung und gewöhnlich einen hübschen Beitrag für die Geschädigten. Hier aber wird ein gehorsamer und fleißiger Theil seiner Unterthanen beraubt, mißhandelt, ermordet, und nicht ein Wort der Sympathie von dem Herrscher, der ihre Huldigung und ihre Steuern verlangt und erhält.

Bezeichnend für den Judenhaß des Generalgouverneurs Drentelen ist die Antwort, die er jüngst einer Deputation einflußreicher Juden gab, die eine Audienz wegen der Judenhetze bei ihm hatten. Zuerst dankten sie ihm für die Schritte, die er zu ihrem Schutz gethan hätte; dann machten sie Se. Excellenz auf die Grausamkeit aufmerksam, die darin liege, so viele arme Menschen, die wenigstens Brod in der Stadt erworben, wegzuweisen, und baten, daß die Austreibungsordre zurückgenommen werde. Zum Schluß bemerkte ein Mitglied der Deputation: „Wohin sollen denn die Unglücklichen gehen?" „Gehen?" war die brutale Antwort, „nun, nach Jerusalem, oder in den Dniepr." Diese Worte sind mir von zwei Mitgliedern der Deputation, in welcher sich auch der Oberrabbiner und Dr. Mandelstamm befanden, wiederholt worden. Dieser Judenhaß zeigt sich überall. So bezahlen die Juden z. B. eine Steuer auf ihr Fleisch, welche in die Kasse der Stadt fließt und jährlich ca. 27,000 Rubel beträgt. Die Regierung nimmt sich hiervon 15,000 Rubel. Das Hülfscomité bat um eine Unterstützung hieraus, erhielt aber im Ganzen aus dem Betrag des letzten Jahres 3000 Rubel, mehr nicht, bei einem direkten Verlust von bedeutend mehr als drei Millionen Rubel in Kiew und Umgegend, abgesehen von dem kolossalen indirekten Verlust.

Gegenwärtig ist es ruhig in der Stadt. Nur daß an verschiedenen Punkten halbe Compagnien von Soldaten in der Straße lagern. Ihre Gegenwart ist nicht überflüssig, denn, wie ich fürchte, ist die Sache nicht zu Ende. Herr Lewin erzählte mir, daß ein Freund von ihm, Eigenthümer verschiedener Dniepr-Dampfer, in letzter Zeit mit Verdruß bedeutende Diebstähle an seinem Holzvorrath bemerkte. Gestern kam er früher als gewöhnlich und erwischte einen seiner russischen Arbeiter, wie derselbe das Holz fortschleppte. „Das geht nicht", sagte der Besitzer, „auf ein Bischen würde es mir nicht ankommen; aber Du schleppst ja ganze Wagenladungen fort." Der entdeckte Dieb legte, ohne sich zu schämen, das Holz wieder hin und erwiderte trotzig: „Was liegt daran? In wenigen Wochen ist es alle unser."

Graf Kutaisoff, der vom Czaren speziell zur Untersuchung der Unruhen abgesandt worden, war zwei Tage vor meiner Ankunft hier. Er sprach hervorragenden Gemeindemitgliedern den Wunsch aus, deren Ansicht über die Judenfrage in einer Denkschrift kennen zu lernen. Diese ist in Vorbereitung; daß aber das Allergeringste damit genutzt werde, glaubt Niemand. Ich sprach gestern Abend einen Herrn, der direkt von Petersburg kommt und Gelegenheit hatte, mit einigen der höchsten Beamten der Hauptstadt zusammenzutreffen. Derselbe versicherte mir, daß Graf Kutaisoff's Ruf derart ist, daß man seine Mission als reine Form betrachten muß; denn er ist nicht allein den Juden nicht gewogen, sondern „sieht auch erst in seine Hand", wie mein Gewährsmann sagte, ehe er seinen Bericht macht. Wenn, wie ich aus sicherster Quelle erfahren habe, der Polizeichef in Kiew mehr als dreißigtausend Rubel jährlich an Bestechungen von den Juden erhält, so kann ich wohl begreifen, daß auch höhere Personen nicht unempfindlich gegen den Bakschisch sind.

Ueber die jüdische Gemeinde kann ich Ihnen einige interessante Notizen geben. In Kiew gibt es keine Synagoge, da die Behörden die Erbauung einer solchen nicht gestatten. Trotzdem hat die Regierung einen Oberrabbiner ernannt; ihre Wege sind eben unerforschlich. . . .

Die Juden befinden sich natürlich in einem chronischen Zustand von Angst und Aufregung, da sie nicht wissen, was der nächste Tag bringt. Alte Leute haben thränenden Auges mir gegenüber ihre Hülflosigkeit beklagt. „Wir haben Gesetz und kein Gesetz. Wenn uns der Gouverneur wegtreibt, gut, dann wissen wir, was uns geschieht, wir packen und gehen. Aber nein! der Tschinownik will seine Bestechung haben, und die Beamten spielen mit uns, wie die Katze mit der Maus. Sie würden uns nicht erlauben wegzugehen, wenn wir es alle versuchen würden. Sie wissen, daß ohne uns Kiew nur ein Dorf ohne Handel, ohne Gewerbe ist. Sie wollen uns nur quälen, weil wir Juden sind." So sprach zu mir nicht ein armer oder unglücklicher Mann, sondern ein wohlhabender Kaufmann erster Gilde.

Morgen reise ich nach Elisabethgrad.

IV.

Elisabethgrad, 3. Juli 1881.

Ich komme soeben von einer Tour durch die Stadt und Umgebung zurück. Hier besuchte ich, ebenso wie in Kiew, die Schauplätze der Angriffe. Ich hatte lange Unterredungen mit den Opfern der schmählichen Vorgänge, und außerdem habe ich mir für jeden Fall, den ich mittheile, die Bestätigung aus nichtjüdischen Quellen geholt. Alles, was ich erzähle, beruht also nicht blos auf den Angaben der Beschädigten, sondern ist verbürgt worden durch christliche Offiziere und Beamte, die Augenzeugen waren.

Die Unruhen waren hier so wenig unerwartet, als in Kiew; seit Wochen war es bekannt, daß Vorbereitungen getroffen würden. Die Zurüstungen zur Erhebung wurden unter der Nase der Polizei gemacht und, wie ich bestimmt behaupten kann, mit Wissen des Chefs der Polizei, Tschernakoff, eines bekannten Judenhassers. Mehrere Wochen vor dem Ausbruch empfingen der Oberrabbiner, Dr. Cetkin, Herr Kohon u. A. Briefe von Schurken, die ihnen drohten, und von Freunden, die sie warnten. Plakate wurden angeschlagen und verbreitet, worin alle Gutgesinnten aufgefordert wurden, an der Judenhetze theilzunehmen. Die Behörden hatten volle Kenntniß und hinreichend Zeit, Maßregeln zu treffen, und nur in Elisabethgrad, wo zuerst in Südrußland Unruhen ausbrachen, würde überhaupt die Entschuldigung haben vorgebracht werden können, daß der Aufstand unvorhergesehen war. Ich will einige Thatsachen anführen.

Etwa 14 Tage vor den Feiertagen bekam der Oberrabbiner Dr. Schapira etwa 20 Drohbriefe, welche er alle der Polizei übermittelte. Dann, zehn Tage vor den Unruhen, empfing Herr Kohon, der Schatzmeister der jüdischen Gemeinde und der einzige jüdische Banquier in der Stadt, telegraphische Ordre von mehreren Geschäftsfreunden in Moskau, einem gewissen Grebenyuk die Summe von 5000 Rubeln zu zahlen. Dieser Mann erhob das Geld; während seiner Anwesenheit, welche nahezu eine Stunde währte, stellte er, gleichsam beiläufig, an den Sohn des Herrn Kohon viele ungewöhnliche Fragen: wieviel Geld sie gewöhnlich im Comptoir behielten und wo es gewöhnlich aufbewahrt werde. Diese 5000 Rubel wurden von obigem Mann unter den Augen der Polizei in den umliegenden Ortschaften unter die Arbeiter und Bauern vertheilt, welche nachher die Anführer der angreifenden Haufen waren. Und wiederum fünf Tage vor dem Ausbruch (10. April) richtete Herr Dr. Cetkin, als hervorragendstes Mitglied der israelitischen Gemeinde und Stadtrath, ein Telegramm von 260 Wörtern an Herrn Brodsky in Odessa mit der Bitte, es dem Generalgouverneur des Gouvernements Cherson, dem bekannten General Dondukoff Korsakoff, zu behändigen. Dies Telegramm meldete dem General in den klarsten Worten, was allgemein erwartet werde, nämlich ein Aufstand en masse gegen die Juden, und flehte ihn an, seine Untergebenen in Elisabethgrad zur Anwendung solcher Vorsichtsmaßregeln zu instruiren, wie der Ernst der Lage erfordere, sollten Leben und Eigenthum der Juden geschützt werden. Und was war die Antwort des Gouverneurs? Eine gröblich beleidigende Depesche des Inhalts, Se. Excellenz betrachte die Handlung des Dr. Cetkin, so zu telegraphiren, für höchst unverschämt. Und da diese Depesche durch den gewöhnlichen offiziellen Weg ging, so wurde ihr Inhalt in der ganzen Stadt bekannt und von den antijüdischen Mittelklassen, von denen die Unruhen ausgingen, natürlich und, wie sich zeigte, auch richtig, als eine Aufmunterung, fortzufahren, gedeutet.

Männer, Frauen und Kinder wußten sämmtlich, was am Himmelfahrtstag zu erwarten war; die Plünderung der Juden wurde im „Bazar" öffentlich besprochen. Eine kleine Geschichte, welche mir ein Marktweib, Namens Markwicz, erzählte, mag dies illustriren. Ein Bauernweib aus der Nachbarschaft kam Freitag, drei Tage vor dem Ausbruch, an ihren Stand, um einige Kleinigkeiten zu kaufen. Das Weib bot so wenig dafür, daß die Jüdin es ihr nicht gab. „Wozu wollt Ihr Juden jetzt noch handeln?" gab jenes zur Antwort. „Ihr wißt, Ihr habt nur noch drei Tage zu leben."

Etwa halbwegs auf der „Perspective", wie die Hauptstraße genannt wird, wird dieselbe von der Potschtobaya Ulica oder Poststraße durchschnitten. An dem Kreuzungspunkt, gegenüber dem Mädchen-Gymnasium, liegt ein „Weinkeller" (feinere Schenk-Wirthschaft), einem Juden, Namens Sokolski, gehörig, und in diesem Weinkeller fingen die Unruhen Sonntag den 16. April an, oder vielmehr wurde das Zeichen zum Losschlagen gegeben. Gegen Abend halb 6 Uhr trat ein Bauer dort ein und verlangte ein Glas Branntwein, trank es aus und wollte sich ohne Bezahlung entfernen. Ein Streit entspann sich, der Bauer entwischte auf die Straße, der Jude, an dergleichen Streiche gewöhnt, packte ihn an der Schulter. Alsbald schrie der Bauer seinen Genossen — die Stadt war wegen des Sonntagsmarktes und des Festes sehr belebt — zu: „Seht! diese Juden rauben, und jetzt wollen sie uns auch schlagen!" Dies scheint ein verabredetes Signal gewesen zu sein. Im Nu stürzten Gruppen von Arbeitern und Landleuten auf den Juden los, schlugen ihn zu Boden und stürmten in den Keller. In zehn Minuten war das Lokal demolirt, die Flaschen zerbrochen, der Schnaps getrunken, der Wein ausgegossen, die Fässer eingeschlagen. Fast besinnungslos von der Wirkung der genossenen Mischung von Wein, Bier, Schnaps und Meth wälzten sich die Meisten zwischen den Fässern herum, während Andere auf die Plätze eilten, wo ihre Freunde, der Verabredung gemäß, harrten, um diesen kundzuthun, daß die Feindseligkeiten begonnen hätten.

Nun begann die Plünderung und Zerstörung, zu gleicher Zeit an zwanzig verschiedenen Stellen, unter verschiedenen Führern, in Haufen von 40, 50 und 60 Personen. Heulend und schreiend wälzte sich der größte

Haufen, etwa 150 Kerle zählend, die Hauptstraße entlang; jeder Jude wurde niedergeschlagen, jeder Jüdin die Kleider vom Leibe gerissen und sie dann in die kothgefüllten Rinnsteine geworfen. Zuerst suchten sie die jüdischen Wirthschaften heim, welche sie einschlugen, um sich zu besaufen. Dann kehrten sie zurück und begannen die Plünderung der großen Waarenlager auf dem Weg nach dem „Bazar" oder Marktplatz. Die unglücklichen Eigenthümer flohen mit Weib und Kind. Säcke zum Einstecken der Waaren hatten die Plünderer mitgebracht; ihre Fuhrwerke standen am Ende der Straße bereit. Das Füllen der Säcke, Aufladen und Fortfahren war Sache eines Augenblicks. Die Polizei und das Militär standen ruhig dabei. Jene, unter Tschernakoff's Ordre stehend, wollte nicht einschreiten; dieses, welches keine Befehle aus Odessa hatte, konnte nicht einschreiten, wenn es selbst gewollt hätte. Die Bauern erwiesen sich auch hier dankbar und wandten sich von Zeit zu Zeit zu den schützenden Kosaken, ihnen ein Stück Seidenzeug, Atlas oder Sammet, eine goldne Kette oder einen silbernen Schmuckgegenstand reichend, mit der Bemerkung: „Das ist Euer Antheil, Brüderchen!"

Gegen 10 Uhr hatte der Pöbel den „Bazar" erreicht. Aber ihre Bemühungen waren hier überflüssig, ein anderer Haufe hatte bereits aus dem Markt, der einen Raum von mehr als einer halben Meile (engl.) im Quadrat ausfüllte und über zweitausend Buden und Läden enthielt, einen Trümmerhaufen gemacht, denn fast Alles gehörte Juden. Der Pöbel fand also nichts mehr zu plündern vor. „Wir müssen auch die Häuser plündern", riefen die Führer, und man schritt zu dem neuen Werk, stets begleitet von Polizei und Militär.

Inzwischen waren die kleineren Haufen nicht müßig gewesen; sie hatten sich unter fortwährender Verstärkung mit den Nebenstraßen beschäftigt. In der Moskowskaja Ulica sind die vier Hauptsynagogen und Schulen, auch wohnen hier eine Menge ärmerer Juden. Vierhundert betrunkene Banditen kamen spät Abends hierher. In den Synagogen schlugen sie Thüren und Fenster ein und suchten nach Beute; da aber alles Werthvolle entfernt worden war, mußten sie sich damit begnügen, die Gotteshäuser auf alle nur mögliche und denkbare Art zu besudeln. Da sie nun doch Beute machen wollten, drangen sie zu zehnt und zwanzigst in die Häuser der ärmeren Juden in dieser Straße ein und begannen ihr Plünderungswerk. Kleider wurden Männern und Weibern vom Leibe gerissen und aus den Schränken gezerrt, Bettzeug und Bettdecken von den Betten gerissen, Pfühle und Kissen in Säcke gestopft, reine und schmutzige, alte und neue Unterkleider in Bündel gepackt, Kessel und Pfannen und Töpfe zusammengebunden und fortgeschleppt. Was nicht zu transportiren, was für die Plünderer nicht brauchbar war, wurde zerstört. Tische und Stühle, Kanapee's und Bettstellen wurden in Stücke geschlagen. Die Federbetten wurden auf der Straße aufgeschlitzt aus reinem Uebermuth, so daß die Straßen so hoch mit Federn und Dunen bedeckt waren, daß man, wie mir Dr. Cetkin mittheilte, bis zu den Knieen darin waten mußte. Armen Wittwen, deren einziger Reichthum in ein Paar Hühnern oder Gänsen bestand, wurden die Thiere geradezu in Stücke zerrissen. Eine arme Frau, die ihren Unterhalt mit der Milch ihrer einzigen Kuh bestritt, war geflohen; sie stachen die Kuh mit Mistgabeln todt. Mehr als fünfzig jüdischen Besitzern von Karren und Pferd wurden die unglücklichen Thiere durch Zerschneiden der Knieflechsen unbrauchbar gemacht.

Dann kamen noch scheußlichere Szenen. Halbnackte Männer, welche in Hinterhäusern Zuflucht gesucht hatten, wurden in die Rinnsteine geworfen und gesteinigt, bis sie bewußtlos waren. Verheirathete Frauen, welche sich auf dem Speicher versteckt hatten, wurden hervorgezerrt, weg von der Seite ihrer weinenden Kinder und jammernden Säuglinge, und unter ihrem eigenen Dach, in ihrem eigenen Haus, vor den Augen ihrer eigenen Verwandten in brutalster Weise entehrt! Junge Mädchen, darunter einige fast noch Kinder, flohen in Angst vor den Schurken im Hause, um in die Hände der betrunkenen Bestien draußen zu fallen; sie wurden auf offener Straße in Gegenwart der Soldaten geschändet! Mehr als dreißig Fälle solcher Entehrungen sind allein auf meiner eintägigen Wanderung zu meiner Kenntniß gekommen. Die Einzelheiten mancher Vorkommnisse sträubt sich die Feder niederzuschreiben. Einige der Thaten jener Elenden können nur einer teuflischen Einbildung entsprungen sein. In einem Außendistrikte, die ich Freitag besuchte, kam der Pöbel in das Haus einer schwangeren Frau. Sie warfen sie zu Boden und erklärten, das Messer in der Hand, sie wollten ihr den Leib aufschlitzen, um den ungeborenen Judenbastard, wie sie es nannten, zu erwürgen. Und wenn auch die Absicht nicht ausgeführt wurde, so wurde doch das hülflose Weib in einer anderen, nicht weniger bestialischen Weise so mißhandelt, daß die ernstlichsten Folgen entstanden. Aber das Feigste und Verächtlichste, was hier begangen wurde, kam einer jungen verheiratheten Frau zu, die Oscherenkow heißt. Die Sache wurde mir von dem Stadtrath Dr. Goldenberg erzählt, zu dessen Kenntniß die Thatsache auf berufsmäßigem Wege gekommen war. Mit großer Mühe gelang es mir, das unglückliche Opfer aufzufinden. Das junge Weib war gerade zwei Tage vor den Unruhen niedergekommen. Eine Bande erzwang sich den Weg zu ihrem Zimmer, wo sie allein und hülflos, geschwächt von Schmerz und Leiden, mit ihrem Säugling lag. Einer aus dem Haufen stürzte auf das Bett zu und nahm das arme Würmchen aus den Armen der entsetzten Mutter, indem er es an den Füßen packte und herunterhängen ließ; ein Anderer ergriff es dann beim Kopf und rief der Mutter zu, sie würden es Glied für Glied in Stücke reißen. Und sie würden es auch gethan haben, hätte sich nicht ein ruhigerer Mensch dazwischengelegt und das Kind vom anderen Ende des Zimmers der Mutter in die Arme geschleudert, die zu schwach waren, den wiedergefundenen Liebling festzuhalten. . . .

. . . Ein anderer Fall mag die Polizei und Soldateska charakterisiren. Mein letzter Besuch heute Nachmittag galt einem elenden Gelasse in einer erbärm=

lichen Nebenstraße. Dort wohnt ein alter Mann Namens Pelikoff und seine Tochter, etwa 20 Jahre alt. Die Geschichte dieses unglücklichen Paares, wie sie mir Advokat Pokrasoff, Präsident des hiesigen Hülfscomité's, erzählte, veranlaßte mich, es in seiner Wohnung aufzuspüren. Ich fand den Greis in seinem Zimmer, an einem Tisch sitzend, achtlos, hoffnungs= los, stumpf. Auf einem Bett in der Ecke lag die Tochter. Keines von Beiden beachtete es, als ich mit einem Freunde eintrat. Ich unterließ, sie anzureden; der Leser wird gleich erfahren, warum. Wollen Sie wissen, was diesen Unglücklichen am 16. April geschah? Nun, so lesen Sie. Während des Lärms hatten Vater und Tochter oben im Hause sich ver= steckt. Der Pöbel, begleitet von einer Abtheilung Soldaten, erspähte sie in ihrem Versteck. Alsbald drangen sie ein und die Treppe hinauf, wo die Beiden bald entdeckt waren. Der Vater, Pelikoff — ich wiederhole den Namen, damit der Leser ihn sich merke — wurde absichtlich vom Dache auf die Straße hinunter geworfen, die Tochter aber herunter geschleift und den Soldaten übergeben, von denen sie zwanzig — Soldaten, nicht Aufrührer! — nacheinander mißbrauchten! Das ist russische Civilisation! Der alte Mann blieb am Leben, wurde aber vom Sturz ganz taub und fast idiotisch, und das unglückliche Mädchen, physisch ruinirt und geistig erniedrigt, fristet ein elendes Dasein, gekettet, obgleich ohne seine Schuld, an die Erinnerung einer schimpflichen Entehrung, hundert= mal schlimmer als ein schneller Tod. —

Der Polizeichef Tschernakow — ein kleiner Drentelen — antwortete kürzlich, als einige der vielen Ausschreitungen gegen die Juden zu seiner Kenntniß gebracht wurden: „er wollte nur, er trüge Epaulettes, daß er ein Offizier wäre, d. h. daß er diesen Juden eine Lektion geben könne". Nach Obigem, glaube ich, hätte er keine Lektion mehr zu geben nöthig.

Nicht nur Arme oder Handelsleute, auch Gelehrte, Aerzte, Advokaten, Personen der höchsten Stellung wurden in gleicher Weise vom Pöbel gehetzt, der die Stadt in Besitz genommen hatte. Dr. Cetkin, obgleich er in demselben Hause mit dem Polizeichef wohnte, flüchtete mit seiner Familie zu seinen Verwandten, dem obengenannten Banquier Kohon, dessen Haus das größte in der Straße, nicht weit von Potschtobaja Ulica, ist. Hier versammelte sich eine große Anzahl der gebildeteren und her= vorragenderen Mitglieder der jüdischen Gemeinde zu gegenseitiger Tröstung und Unterstützung. Und hier sammelte sich auch Sonntag Nachts um 11 Uhr ein Pöbelhaufe, aus etwa 300 Personen bestehend.

Herr Kohon sah einen Besuch der in Visionen von Silberrubeln und Goldimperials Schwelgenden voraus und ging mit seinen Freunden auf den Dachboden. Er verließ sich auf seine diebssicheren Thore; mit Unrecht. Der Pöbel erbrach sie, zerbrach sein elegantes Mobiliar, durch= löcherte die Wände, zerbrach die Fenster, schlug Thüren ein, erbrach die Schlösser, und während Einer aus dem Haufen — eine merkwürdige Art von „Bauer" — eine Faustfantasie auf dem Piano spielte, ehe es in Stücke gehauen wurde, machte sich das Gros an den Kassaschrank. Der aber widerstand allen Anstrengungen. Die besoffenen Thoren knieten vor ihm nieder und beschworen ihn aufzugehen, Andere umarmten, streichelten und küßten das Eisen in ihrer Trunkenheit, um es offen zu schmeicheln. Aber vergeblich. Wüthend stürmten sie hinauf, um an der Familie des Banquiers Rache zu üben. Sie hatten jedoch mit entschlossenen und bewaffneten Männern zu thun. Kohon stellte diese oben an die erste Treppe, und indem er über die Köpfe der Vordersten zwei Revolverschüsse abgab, drohte er dem Ersten, der hinaufkommen würde, sofortigen Tod. Wie gepeitschte Hunde schlichen die Aufrührer fort, aber nicht weit vor das Haus. Inzwischen hatte Dr. Cetkin von oben herab mit einem der zwei unten in der Straße patrouillirenden Kosaken verhandelt. Für ein Trinkgeld von 25 Silberrubeln, im Voraus bezahlt, unternahm der Soldat, ein Briefchen von Dr. Cetkin an den Stadtkommandanten zu besorgen, worin dem General ihre Lage geschildert und um Hülfe für sie und ihre Familien gebeten wurde. Und was that der General bei Empfang des Briefes? Denn er wurde richtig an ihn bestellt. Er las ihn sorgfältig durch und verschloß ihn dann in seinen Depeschenkasten! Weitere Notiz nahm er davon nicht. In solcher Angst und Ungewißheit blieben die Leute bis Tagesanbruch, wo die acute Phase des Aufruhrs zu Ende ging, und jede Familie im Stillen ihre Vorbereitungen traf, die Stadt zu verlassen. Im Laufe des Tages wurde letztgenannter Schritt unnöthig, obgleich einer von den Söhnen des Herrn Kohon mit seiner Familie hinauszugelangen versuchte, wobei er dann draußen in die Hände eines Pöbelhaufens fiel, dessen Klauen sie mit heiler Haut und — leeren Börsen zu entrinnen noch so glücklich waren.

Weiter oben in der Stadt ist ein bekannter jüdischer Conditor, Slobotzky. Hier stürmte der Pöbel hinauf in die Wohnung, um alle Werthsachen bei Seite zu bringen; die Kosaken zu Pferde, welche diesen Haufen begleiteten, hielten vor dem Laden. Der Pöbel ließ alle Arten von Eingemachtem und Compot auf Glastellern den Soldaten hinunter. Und die Vorbeigehenden, wie mir ein russischer Offizier erzählte, konnten sehen, wie die Kosaken bequem zu Pferde saßen, ihre Gelée's und Compots mit den herabgelassenen silbernen Löffeln verzehrten und dann ruhig unter dem beifälligen Lächeln ihrer Vorgesetzten diese silbernen Löffel in ihre geräumigen Stiefel steckten. Und um das Ganze zu krönen, marschirte ein Offizier an der Spitze seiner Truppe hinunter in den Keller und befahl seinen Leuten, jedes Oxhoft Branntwein darin mit ihren Bajoneten zu durchbohren, unter dem Vorwand, er hege den Verdacht, es sei Schießpulver in einigen davon. Nachher entschuldigte er sich damit, er habe seine Leute abhalten wollen, sich zu berauschen, als ob es für einen Russen nicht ebenso leicht wäre, von dem Kellerboden, wenn er einen Fuß hoch mit Schnaps gefüllt ist, zu trinken, wie vom Fasse selbst!

Was für ein Grad von Besoffenheit herrschte, mag Folgendes zeigen. Herr Rattner ist der größte Branntwein- und Weinhändler in dem Distrikt von Elisabethgrad. In einem seiner Keller wurden sechstausend Eimer

Branntwein auf den Boden geschüttet! So hoch stand der Branntwein im Keller, und so toll wurde gesoffen, daß drei Mann ertranken und am andern Morgen wie ertränkte Ratten herausgezogen wurden.

In Bezug auf den Beuteantheil der Soldaten kann ich folgende Geschichte erzählen. Ich nahm meine Abendchocolade in dem Boulevard=Pavillon zusammen mit Dr. Goldenberg. Ein russischer Offizier, der ein hohes Kommando in der hiesigen Garnison führt, setzte sich zu uns. Indem er von der Betheiligung der Soldaten am Tumult sprach, bemerkte er, daß ein Regiment, die weißen russischen Husaren, sich besonders ausge=zeichnet hätte. Jeder einzelne Mann der Schwadron, welche gesandt war, die Magazine und Depots zu schützen, war in die Kaserne geritten mit Seidenstoffen unter dem Sattel und mindestens einem Stück silbernen Tafelgeschirrs in seinen Lederstiefeln!

Was ich hier schildere, kann nur einen unvollkommenen Begriff von den Szenen des 16. und 17. April geben; denn am Montag dauerten die Unruhen fort. Von den Männern, die verletzt und auf offener Straße beraubt wurden, von den Frauen, denen die Finger abgebissen wurden, weil die Ringe nicht schnell genug abgingen, von den drei im Distrikt getödteten Personen, von der Angst der jüdischen Bevölkerung während der langsam dahin schleichenden 48 Stunden, sage ich nichts, das läßt sich nicht beschreiben. Was Alles in der Sonntagsnacht geschah, wird wohl nie ganz bekannt werden. Die Männer wollen nicht von ihrer Schmach sprechen, die Frauen nicht auf ihre Schande anspielen. Vielleicht ist es besser so. Aber meine heutigen Besuche haben so viel herausgebracht, daß der hiesige Aufstand gegen die Juden einen Platz unter den bulgarischen oder sonstigen Greueln wohl verdient. Und dann bezieht sich Obiges nur auf Elisabethgrad und seinen Distrikt. Aber ringsum liegen wenigstens hundert Dörfer, von 40,000 Juden bewohnt, und in jedem derselben wurden die unglücklichen Juden mehr oder weniger mißhandelt. Noch sind nicht die vollständigen Berichte in den Händen des hiesigen Comité's. Erst wenn die letzten der Geschädigten ihre Ansprüche und eingehende Mittheilungen über das Erlittene einsenden, kann man eine genauere Kenntniß von den Greuelthaten erlangen, die in den stillen Winkeln begangen wurden, wo die Juden gering an Zahl und gänzlich schutz=los sind.

V.

Elisabethgrad, 4. Juli 1881.

In der Frühe besuchte ich heute den Moskowski Jllowski, eine Art Marktplatz, wo der Jahrmarkt gehalten wird. Hier werden behufs späterer Agnoscirung durch die Eigenthümer die Gegenstände niedergelegt und sortirt, welche den Juden abgenommen worden waren, und die der Muschik als für ihn unverwendbar oder aus Furcht vor den Folgen der Entdeckung so großmüthig war, den Behörden auszuhändigen. Neun enorme Lagerhäuser sind mit gestohlenen Sachen angefüllt; aber in welchem Zustand befinden sich diese! Das erste, in das wir eintreten, ist einige 80 Fuß lang und 40 Fuß breit, und gestopft voll mit baumwollenen, leinenen u. dgl. Waaren, mit Rollen von Seiden-, Brokat-, Atlas- und Sammetstoffen u. s. w. u. s. w., aber zerrissen, befleckt, absichtlich mit Arthieben werthlos gemacht. In den Ecken sind Stöße von Bändern, Garnituren u. s. w., Alles absichtlich durch schmutziges und stinkendes Wasser ruinirt. Das zweite Lagerhaus enthält nur Unterkleider, schmutzige und reine, vom Kinderjäckchen bis zur Mannsjacke, Haushaltungswäsche aller Art. Als ich diese Sammlung betrachtete, schenkte ich der Frau Dr. Schapira Glauben, die mich versicherte, daß jedes schlechte Dienstmädchen, jedes schmutzige Bauernweib jetzt gute Kleider und Unterkleider hat, indeß arme Judenfrauen sich zu Haus verbergen müssen, weil sie buchstäblich Nichts anzuziehen haben. Das dritte und vierte Lagerhaus waren mit Kleidungsstücken angefüllt, größtentheils absichtlich zerrissen und zerschnitten. Im fünften sind Spezereien, Seife, Lichter, Thee, Kaffee, Zucker, Kolonialwaaren. Der Zucker ist noch in ganzen Hüten, aber um ihn ungenießbar zu machen, ist (gestohlenes) Petroleum darüber gegossen. Im sechsten Magazin sind nur Zinnwaaren, Küchengeräthe u. dgl., im siebenten und achten wiederum Spezereien und Kleidungsstücke, im neunten lediglich Pelze, darunter solche von 600 Rubel an Werth. Solcher Pelzröcke zählte ich mehr als 400, aber alle waren sie durch Zerschneiden und Zerreißen unbrauchbar gemacht. Von Silber und anderen Werthsachen wurde natürlich überhaupt nichts dort abgeliefert, während oben Erwähntes nur ein verschwindend kleiner Bruchtheil des Geraubten ist. Viele Tage wurden ganze Säcke voll in den Straßen von den Bauern offen verkauft, und noch jetzt stolzirt Frau Lubowsky, die Frau eines Honoratioren, in einem besonders schönen Kleid herum, das ein reiches Judenmädchen einige Tage vor den Unruhen aus Wien sich mitbrachte. Die Eigenthümer wagen nichts zu sagen. Von dem Polizeichef Tschernakoff ist es bekannt, daß er werthvolle geraubte Sachen besitzt. Die Bauern tragen hier jetzt ihre schmutzigen Lappen, die Strümpfe und Schuhe ersetzen, statt mit Bindfaden mit den gestohlenen Gebet-Riemen — die der Jude vor der allergeringsten Entheiligung auf's Sorgfältigste wahrt — zusammengebunden, und die abgerissenen Pfostensprüche (mesusoth) dienen als Schweißblätter ihrer Mützen.

Ich versprach Ihnen, etwas Näheres über das hiesige Hülfscomité mitzutheilen. Die Gestalten der Unglücklichen, die vor dem Sitzungssaale warteten, brauche ich weiter nicht zu beschreiben. Was das Comité selbst betrifft, so fungirte als Präsident der Sitzung der erste Advokat von Elisabethgrad, Pokrasoff, zu jeder Seite hatte er einen Militär, nämlich den Oberstabsarzt Zagorsky, den Schriftführer des Comité's und den Oberstabsarzt Rosenstein, dann Hofrath Dr. Cetkin und Stadtrath Dr. Goldenberg, die Vicepräsidenten, ferner den ersten Apotheker Dr. Goldberg und den Gemeinderath Riesser und andere hochgebildete Leute. Seit acht Wochen hält das Comité täglich Sitzung, jeden Morgen wurden 7000 Portionen Brod ausgetheilt, da einige tausend Familien hier und in unmittelbarer Nachbarschaft nicht mehr das trockene Brod hatten. Dabei kommen täglich neue Anmeldungen. Von einem annähernden Ersatz der Verluste kann selbstverständlich keine Rede sein. . . .

Ich fragte obengenannten Herrn Riesser, den ältesten Kaufmann erster Gilde, welchen Umständen er die Feindseligkeit der hiesigen Mittelklassen gegen die Juden zuschreibe. „Ich will es Ihnen sagen", antwortete er. „Wir sind Juden, darum muß immer etwas gegen uns gefunden werden. Vor dreißig Jahren hieß es: „„Die Juden sind bildungsfeindlich, sie wollen nicht russisch lernen, sie besuchen unsere Schulen nicht."" Jetzt schicken wir unsere Kinder hin; in Elisabethgrad sind z. B. von 190 Schülern des Gymnasiums 143 jüdischer Abstammung, während die Gemeinde nur den dritten Theil der Bevölkerung ausmacht. Nun heißt es: „„Die Juden füllen unsere Schulen und verdrängen uns."" Sie hassen uns aber nicht unseres abweichenden Glaubens willen, sondern weil unsere Gewohnheiten andere sind, weil wir nicht gleich ihnen faul und dem Trunke ergeben sind."

VI.

Elisabethgrad, 5. Juli 1881.

. . . .

Ich besuchte heute die jüngst errichtete jüdische Handwerkerschule. Hier werden 24 Jungen zu Zimmerleuten und Schmieden herangebildet. In der Zimmermanns-Abtheilung sind 12 lebhafte Bursche von 13 bis 16 Jahren, welche Bänke, Pulte, Klappstühle und Schränke machen, die hier recht begehrt sind. Jeder hat sein eigenes verschlossenes Fach, seine eigenen Werkzeuge und empfängt zur Aufmunterung einen kleinen monatlichen Lohn. In der Schmiede waren auch 12 kleine Kerle, schwarz und rußig, mit dem Schurzfell bekleidet, den Blasebalg aufblasend, das Eisen schweißend, hämmernd und feilend, sie fertigen Schlösser, Angeln und Bettstellen. Alles Eisenwerk, das in der Zimmermanns-Abtheilung gebraucht wird, wird in dieser Schmiede zubereitet, und obgleich die Anstalt erst zwei Jahre alt ist, haben die kleinen Arbeiter sich schon nettes Geld verdient. Auf diese praktische und lobenswerthe Weise haben die Juden von Elisabethgrad das Problem gelöst, geschickte jüdische Handwerker zu erhalten, während es selbst in London nur mit Anstrengung gelingt, Meister zu finden, die jüdische Lehrlinge nehmen, und seichte Schwätzer von der Abneigung der russischen Juden gegen das Handwerk reden.

Heute Abend werde ich nach Odessa gehen.

VII.

Odessa, 8. Juli 1881.

.... Auf der Reise hierher hatte ich manche Erlebnisse. Eines davon will ich Ihnen nicht vorenthalten. Ich stieg in Olviopol aus, wo wir Abends halb neun Uhr ankamen, um mich während des Aufenthaltes ein wenig von dem langen Sitzen (die Fahrt dauerte 35 Stunden) zu erholen. Indeß ich auf dem Perron auf und ab spazierte, bemerkte ich, daß noch ein Wagen angehängt wurde, nicht ein gewöhnliches Coupé, sondern ein schwerer, vergitterter Gefangenenwagen. Ich bemerkte darin mit Erstaunen eine ungewöhnlich große Anzahl von Soldaten. Um halb drei Uhr Morgens hielt der Zug in Mardarowska; da ich heftigen Durst fühlte und an jeder Station fünf Minuten gehalten wird, stieg ich aus und suchte das Wasserfaß, das auf den russischen Perrons nirgends fehlt. Während ich darauf zuging, bemerkte ich ein halbes Dutzend Infanteristen, mit aufgepflanztem Bajonet, vor dem Gefangenenwagen stehen. Aus dem Wagen stiegen noch mehr Soldaten, dann fünf an Händen und Füßen gefesselte Personen in ordinärem Bauernanzug, schließlich noch sechzehn Soldaten heraus. Lautlos wurde formirt, zwei Reihen zu vier Mann und ein Unteroffizier voraus, vier Reihen und zwei Unteroffiziere hinten, und so marschirten sie zur Station hinaus. Ich war neugierig, was das bedeuten sollte; in dem abgelegenen Dorf war ja weder Gefängniß noch Gerichtshof.

Geschichten, die ich in Kiew über die Behandlung politischer Gefangener gehört hatte, kamen mir in den Sinn. Ich beschloß zu bleiben; ich knöpfte meinen Rock zu und folgte im Halbdunkel in gemessener Entfernung. Der weiche tiefe Sand, der hier überall den Boden bedeckt, ließ den Zug unhörbar weiter schreiten, nur dann und wann klirrten die Ketten. 35 Minuten lang dauerte der stille Marsch; dann hielt der Zug ebenso still. Die fünf Gefangenen wurden unter Bäume gestellt, die Soldaten stellten sich 25 Yards entfernt in zwei Reihen auf, ich verbarg mich hinter einigen Bäumen. Plötzlich ertönte eine Salve, dann noch eine, und die fünf Bauern lagen auf einem Haufen zu Boden. Innerhalb einer Viertelstunde war eine Grube gegraben, und die Unglücklichen — Gott weiß, ob sie todt waren — wurden hineingeworfen. Während Erde hineingeworfen wurde, schlich ich mich behutsam zurück zur Station. Ich hatte lange auf den nächsten Zug zu warten, aber die Zeit verging mir rasch in meinem Nachdenken über russische Justiz, und nun wurde mir auch klar, warum man in Rußland so wenig von dem weiß, was um Einen her vorgeht.

Odessa ist eine schöne Stadt, die einen um so angenehmeren Eindruck macht, wenn man von dem quasi fashionablen Kiew und dem unkanalisirten Elisabethgrad, den übelriechenden schmutzigen Städten des Innern kommt.... Die Juden leben in diesem bedeutenden Seehafen meistens vom Handel. Manche sind große Fabriksbesitzer; Herr Brodsky hat vielleicht die größten Zuckersiedereien in Rußland, Herr Katzanellson fabrizirt fast alle Fässer für Südrußland. Zwei der jüdischen Banquiers sind weltbekannt: Ephrussi & Co. und Dreyfus & Co. In Odessa gibt es auch eine andere Art von Geldmännern, konzessionirte Geldwechsler, lauter Juden, die in den Straßen an kleinen Tischchen sitzen, um gegen einen geringen Nachlaß Papier= gegen Kupfergeld umzuwechseln. Dieses Geschäft bringt sehr wenig ein und wird nur durch Geldverleihen einträglich gemacht. Solche Wucherer werden zwar von ihren eigenen Glaubensgenossen gescheut, jedoch findet es der Tschinownik sehr bequem, alle 50,000 Juden der zweihundert wegen über einen Kamm zu scheeren. Wer wirklich blos gewechselt haben will, braucht jene Wechsler ürigens nicht, und ihre dunklen Geschäfte können sie nur machen, weil ihr theuer bezahlte Konzession ihnen gleichsam eine gesetzliche Autorität verleiht. Die Aufhebung des Konzessionswesens würde dem Ganzen alsbald en Ende machen.

Der Oberrabbiner von Odessa ist der gelehrte Dr. Schwabacher, der seine jetzige Stellung schon seit mehr als 25 Jahren inne hat. Er war während der schrecklichen Judenverfolgung vor 10 Jahren shon hier, denn Odessa ist kein Neuling darin. Er ist Verfasser der Broschüre „Die drei Gespenster", worin er seine Glaubensgenossen gegen die dre Anklagen vertheidigt, Christenblut zu ihren religiösen Ceremonien zu gebrauchen, in ihren Gemeinden geheime Verbindungen zu bilden und den Bauernstand auszubeuten. Da er vom Staat angestellt ist, lebt er in genauer Verbindung mit den Kreisen, von denen die jüngsten Unruhen ausgingen. Ich besuchte ihn daher gestern Abend auf seinem Landhause. Der sechszigjährige Mann mit grauen militärischen „Cotelettes" und Schnurrbart gleicht einem englischen Offizier a. D., genießt den Ruf eines beredten Predigers. Bei ihm traf ich den Direkt des jüdischen Hospitals und Stadtphysikus Dr. Margolis. Seitdem sprach ich auch verschiedene andere hervorragende Mitglieder der jüdischen Gemeinde, die

Herren Trachtenberg, Katzanellson, Dreyfus, Dr. Schorr u. A. Alle
bestätigten die mir von den beiden Ersteren gemachten Angaben. Ein=
stimmig war man namentlich darin, daß der Bauer durchaus keine Feind=
seligkeit gegen den Juden hegt. Warum sollte er es auch? sagte Herr
Katzanellson; er geht auf den Judenmarkt und kauft von dem Juden,
weil er weiß, daß er dort billiger zurecht kommt, als bei seinen Glaubens=
genossen. Dafür kann er ihn doch nicht hassen! Wie abgeneigt die
Bauern in vielen Fällen waren, selbst dann zu gehorchen, als ihnen von
einem kaiserlichen Ukas erzählt wurde, mögen die folgenden verbürgten
Facta zeigen. Herr Schtschebrowitz ist der Eigenthümer einer großen
Fabrik in der Nähe und beschäftigt eine große Zahl von Arbeitern. Den
Tag vor dem Ausbruch kam eine Rotte Bauern zu ihm. „Seht", sprach
der Anführer, „Ihr seid ein guter Kerl, aber wir haben Befehl, alle
jüdischen Häuser drei Tage lang zu plündern. Was sollen wir machen?
Wir wollen Euch nichts thun und Euer Eigenthum nicht schädigen, nur
fürchten wir die Folgen, wenn wir dem Ukas nicht gehorchen. Wenn Ihr
uns aber schriftlich geben wollt, daß Ihr alle Verantwortlichkeit auf Euch
nehmt, wollen wir den kaiserlichen Befehl ignoriren. Nur müßt Ihr
bereit sein, uns vor Tadel zu schützen." Es ist wohl unnöthig zu sagen,
daß Herr Schtschebrowitz die verlangte Bescheinigung, unterzeichnet und
untersiegelt, ihnen gab, und wirklich blieb seine Fabrik unberührt. —
Aehnlich ging es Herrn Abras in einem benachbarten Distrikt. Am Abend
vor dem Angriff kamen auch zu ihm Landleute. „Wir haben Euch gern",
begann der Sprecher, „und wollen Euch nichts thun. Aber morgen müssen
wir Euer Haus plündern. Macht Euch also fertig und geht heute fort.
Wir wollen unsere eigenen Wagen und Pferde bringen, um Eure Sachen
wegzuschaffen, und Euch helfen aufladen und sie auf die Eisenbahn bringen."
Und dies thaten die Bauern denn auch mit demselben guten Glauben,
als sie es am nächsten Morgen für heilige Pflicht hielten, jeden Juden
zu mißhandeln und jede jüdische Wohnung zu demoliren, abgesehen von
der angenehmen Arbeit, sich an dem gestohlenen Branntwein zu besaufen.

Das Individuum, das sich hier am Meisten durch seine Wuth gegen
die Juden ausgezeichnet hat, ist der berüchtigte Osmidoff, der Herausgeber
des „Novo Ruß Telegraph". Er ist es, der den Hexenbrei so erfolgreich
gerührt hat; er ist es, der seit zwei Jahren seine Lebensaufgabe darin gefunden,
die Christen aufzuhetzen, er ist es, dessen Organ seit Monaten offen und unver=
hüllt ein Judenschlachten predigte. Ich brauche wohl nicht hinzuzufügen, daß
seine Zeitung das halboffizielle Organ des Gouverneurs ist und eine Sub=
vention von den Behörden bezieht. In Rußland hat gewöhnlich Alles
seinen Grund, und auch Herr Osmidoff hat Gründe für seinen Kreuzzug.
Der würdige Journalist war früher überwachender Architekt des Stadt=
raths, wofür er 6000 Rubel jährlich empfing. Unter den jüdischen Mit=
gliedern des Stadtraths ist Herr Abramarkowicz Brodsky. Da Herr
Osmidoff sehr wenig vom Bauwesen verstand, die Stadt wenig Aufsicht
bedurfte und ihre Ausgaben einschränken mußte, beantragte Brodsky, auf

Osmidoff's Dienste zu verzichten und die 6000 Rubel zu sparen. Die fast ganz aus Christen bestehende Versammlung stimmte zu und Osmidoff wurde kassirt. Hinc illae lacrymae. Die Zeit zwischen der Elisabethgrader Affaire und der Odessaer, drei Wochen, wurde von Osmidoff dazu benutzt, in der perfideften, gehäffigsten Weise gegen die harmlose jüdische Bevölkerung aufzureizen, und der Ermuthigung, die er von Oben herab fand, sind zum Theil die Aufläufe und Plünderungen in Odessa am 6. Mai zuzuschreiben.

Ein Umstand ist sehr bemerkenswerth, der soeben bekannt wurde. Das einzige Journal, welches zu Gunsten der Juden schrieb, der „Odessa Westnyck", ist unterdrückt worden, trotzdem es unter Censur erschien, also nichts druckte, als was revidirt worden war. Inzwischen setzt Osmidoff seine Diatriben fort. Bemerkenswerth sind auch noch einige andere Vorfälle. So wollte Baron Günzburg einen Aufruf zu Gunsten der obdachlosen jüdischen Familien erlassen; die Regierung verbot ihn. Noch mehr, die Regierung gestattete auch den Juden in Odessa nicht einmal, aus ihrer Mitte ein Hülfscomité zu bilden! Drei oder vier Herren — die Namen nenne ich, aus naheliegenden Gründen, nicht — kommen privatim zusammen, jeden Abend in einer andern Wohnung, um das Geld zu vertheilen, das sie für die Bedrängten bekommen haben. Sie wagen es nicht, zwei Abende hintereinander in demselben Hause sich zu versammeln, aus Furcht vor Entdeckung und Strafe, sondern verbergen sich wie Verschwörer, um den unglücklichen Leuten zu helfen, die in jedem anständigen Lande zu einer Entschädigung durch die Behörden berechtigt wären. Die russischen Beamten finden nichts darin, daß in Odessa verboten wird, was in Kiew und Elisabethgrad erlaubt wurde, und der Einfluß Osmidoff's erklärt auch Vieles. Das Ministerium des Innern hat außerdem die Bildung einer anderen Gesellschaft verboten, eines Damenvereins zur Unterstützung armer jüdischer Wöchnerinnen. Es ist kaum glaublich, daß jetzt, wo die Armuth so entsetzlich geworden ist, und wo jedes Zeichen guten Willens Seitens der Regierung einen bedeutenden Eindruck auf die Menge machen würde, das Ministerium den Damen verboten haben sollte, einen solchen Verein zu bilden! Bedarf dies eines Kommentars?

Odessa hat in den Aufläufen des 6. Mai verhältnißmäßig nicht so schwer gelitten, als Kiew und Elisabethgrad. Dies kam daher, daß fast alle jüdischen jungen Leute sich mit Revolvern bewaffneten, sobald Gerüchte von den beabsichtigten Unordnungen ihnen zu Ohren kamen, und daß sie trotz der Befehle des Kommandanten ihre Waffen behielten und auch gebrauchten. Das Niederschießen von 15 oder 20 der Räuber in einer Anfangsperiode des Stückes trug viel dazu bei. Meine Kenntniß des Muschiks und des städtischen Pöbels bringt mich zu der Ueberzeugung, daß Beide einen entschiedenen Respekt vor kaltem Blei haben.

VIII.

Odessa, 10. Juli 1881.

Wenn ich Ihnen schrieb, daß Odessa verhältnißmäßig weniger litt, als Kiew und Elisabethgrad, so ist das nicht in Bezug auf die Scheuß= lichkeit der Verbrechen, sondern nur auf die Zahl der Opfer zu verstehen. Ich habe während der letzten 3 Tage die Schauplätze der Unruhen und die am Meisten beschädigten Personen besucht. Indem ich die Bruchstücke zusammensetzte — die mir außerdem in allen Einzelheiten durch den Oberrabbiner Dr. Schwabacher bestätigt worden sind —, kann ich Ihnen nun ein ungefärbtes Bild der Vorgänge geben.

Wiederum zeigen sich die Tumulte als zuvor angekündigt, und aber= mals tritt uns die Connivenz der Behörde entgegen. In den drei Wochen nach den Vorgängen in Elisabethgrad kamen Telegramme auf Telegramme und Briefe auf Briefe, worin der Angriff der Bauern ange= kündigt wurde, und die schrecklichen Vorgänge in Kiew am 26. April mußten den Gouverneur überzeugen, daß die Drohungen nicht eitel waren. Statt einer Abmahnung oder Beruhigung gestattete man Osmidoff, weiter zu hetzen, der in einem seiner Leitartikel seine Leser salbungsvoll ermahnte, daß nicht Mord und Gewaltthätigkeit das richtige Mittel gegen die Juden seien, sondern daß man es auf ihren Geldbeutel abzusehen habe. Etwa acht Tage ehe die Aufläufe begannen, war die Lage so drohend geworden, daß die ganze Gemeinde sich in äußerster Niedergeschlagenheit befand, und nicht ohne Ursache. **Moskau, wie ich schon von Elisabethgrad aus schreiben konnte, Moskau war die Stadt, von welcher aus die Judenhetze in Szene gesetzt wurde.** Von Moskau kamen die tele= graphischen Anweisungen an Kohon in Elisabethgrad, dem Grebenyuk die fünftausend Rubel zu zahlen, die dann unter die Landbevölkerung ver= theilt wurden, um sie gegen die Juden aufzuhetzen. Von Moskau kamen auch die Führer des Pöbels, halb Dörfler, halb Städter, mit allen schlimmen Eigenschaften Beider, welche zur Organisirung und Leitung der Angriffe geschickt wurden. Und von Moskau war angesehenen Juden hier die Nachricht zugekommen, daß Abtheilungen dieser Elenden unterwegs nach Odessa, auf dem Umweg über Kursk seien, und daß schon Viele in der Stadt gesehen worden seien. Dies Alles war den Behörden gleichfalls bekannt, die auch in die Ereignisse von Elisabethgrad vollständig eingeweiht waren, da Odessa der Sitz des Gouvernements von Cherson ist. Ende April hatte dann eine Deputation, der auch Dr. Schwabacher, Dr. Mar= golis und Herr Trachtenberg angehörten, eine Audienz bei dem General= gouverneur Dondukoff Korsakoff, um ihm ihre Besorgnisse mitzutheilen und die Nothwendigkeit von Vorsichtsmaßregeln zu betonen. Der Gouver= neur hieß sie keine Furcht hegen; aber nicht der geringste Schritt wurde gethan! Viele jüngere Gemeindemitglieder erinnerten sich der Szenen in

Elisabethgrad und Kiew und versahen sich mit Revolvern; mehr als 60(
waren so bewaffnet, wie mir der Oberrabbiner, der es wissen konnte
versicherte. Es war jedenfalls eine Vorsichts=Maßregel, obgleich sie späte
recht schwer dafür büßen mußten, daß sie Leben und Familie zu ver
theidigen wagten.

So gut unterrichtet waren viele der hiesigen Einwohner über di
Vorbereitungen in Moskau, daß verschiedene gutmüthige Christen ihrei
jüdischen Nachbarn zeitige Warnung geben konnten, um sich aus den
Staube zu machen. Viele solcher Beispiele sind mir bekannt geworden
Folgendes ist vielleicht das Markanteste: Herr Handelsmann ist ein bekannte
und geachteter Kaufmann; er wohnt zufällig in demselben Haus mit einen
Russen, Namens O., der mit Moskau in fortwährender Verbindun;
steht. Die zwei Nachbarn waren seit Jahren gute Freunde. Zwölf Tage
ehe der Ausbruch erfolgte, rieth O. Herrn Handelsmann, seine Effekter
zu packen und sich zur Abreise aus Odessa bereit zu halten, da Unruhe:
ausbrechen würden; den für diese bestimmten Tag würde er von Moskai
aus erfahren! Am Montag fragte Herr Handelsmann, der durch di
Gerüchte beunruhigt wurde, seinen Freund, ob es noch nicht Zeit sei, z1
gehen. „Nein", war die Antwort; „so bald der Tag festgesetzt ist, werd
ich es erfahren und Sie es sofort wissen lassen." Am Donnerstag lief
O. Herrn Handelsmann rufen. „Gehen Sie jetzt", sagte der Russe
„denn es geht los, ich habe eben Nachricht aus Moskau bekommen.'
Handelsmann unterrichtete die Repräsentanten der jüdischen Gemeinde, eh
er Odessa verließ, die Behörden wurden in Kenntniß gesetzt, das Resulta
hiervon war das gewöhnliche in Rußland, wenn kein metallisches Oel zun
Schmieren angewendet wird; die Beamten machten weise Gesichter un!
süße Redensarten und thaten — Nichts.

Auch waren die Beamten keineswegs geneigt, den Juden Mitte
zur Selbstvertheidigung zu gestatten. Als der Generalgouverneur hörte
daß viele Juden sich mit Waffen versehen hätten, ließ er den Oberrabbine
rufen und trug ihm auf, all' seinen Einfluß aufzubieten, damit Niemand
Gebrauch von seiner Waffe mache, wobei er alle Arten von Strafen an
drohte, wenn Jemand sich zu vertheidigen wagen sollte.

Die Unruhen begannen, genau wie vorher verabredet, Sonntag de:
6. Mai, Nachmittags. Das Rendezvous des Pöbels war der enorm
Marktplatz Novi Toltschof. Gegen 5 Uhr hatten sich verschiedene Gruppei
dort angesammelt, die zusammen etwa 3000 Personen ausmachten. Di
Polizei beobachtete die Ansammlung von Arbeitern, Bauern, Vagabundei
und Strolchen mit größtem Vergnügen und mit äußerster Gleichgültigkei
betreffs deren Absichten. Plötzlich entstand ein Gesumme an verschiedenei
Ecken des Platzes, und ebenso plötzlich begann der Angriff auf die Juden
Mit Geschrei und Flüchen wurden die, sämmtlich den Juden gehörigei
Buden aufgebrochen und in zwanzig Minuten waren die Läden tota
geleert, die kleineren Baulichkeiten demolirt, die größeren beschäbigt. Dan
ging es an die Magazine; massive Eisenthore und schwere Stangen sin!

jedoch nicht so leicht zu bewältigen als Holzhütten. In vier „Trinkläben" konnte der Pöbel eindringen und that sich dort wohl. Da er nicht in die Magazine gelangen konnte, machte er sich in seiner Enttäuschung nach den Privatwohnungen der Juden auf. Inzwischen waren die Haufen durch Zuzug aller Art, den Auswurf des Hafens und den Abschaum der Galeeren, bedeutend verstärkt worden, so daß eine Menschenmenge von etwa zweitausend Köpfen, johlend und fluchend, auf die Terespolskaja Ulica, eine lange, hauptsächlich von Juden bewohnte Straße, loszog, woselbst nun eine unbeschreibliche Verwirrung entstand. Die Banditen stemmten sich gegen die Thore, große Steine, die zur Pflasterung dienen sollten, flogen in die Fensterscheiben. Der Eifer, zu dem „guten Werke" beizutragen, war so groß, daß sie einander stießen, drängten und sogar verletzten in dem Bemühen, an die Häuser zu gelangen. Juden, die fliehen wollten, wurden gesteinigt und zertreten, Frauen wurden ergriffen, beraubt und mißhandelt. Und so ging es von Straße zu Straße, wo Juden wohnten, von der Terespolskaja nach der Kanatnaja, von da nach der Ewreiski Ulica oder Judengasse, wo die Hauptsynagoge steht, heulend, schreiend, steinigend, zerschlagend bis 11 Uhr Nachts. In jeder Schenke wurde Halt gemacht. Unterwegs schlugen sie einen Juden, Namens Handmacher, einen jungen Mann, der im Begriffe stand zu heirathen, buchstäblich zu Tode, verwundeten einen anderen, Osiranski, bedenklich; in einem Vorstadt-Distrikt entehrten sie eine Frau Namens Peske und tödteten sie dann, und in dem ärmeren Quartier der Stadt wurden nicht weniger als zehn Frauenzimmer schändlich von den herumstreifenden Banden mißbraucht. Genug geleistet in sechs Stunden!

Manche der Angegriffenen hatten sich trotz des Rathes des Oberrabbiners vertheidigt. Gegen 7 Uhr waren vier der Ruhestörer verwundet und einer getödtet worden. Jetzt erst schritten die Behörden ein. Der Generalgouverneur erwachte, Truppen wurden zum Ausrücken kommandirt und alle öffentlichen Vergnügungsplätze von der Polizei geschlossen. Die Straßen begannen sich mit Soldaten zu füllen, und Patrouillen waren an jeder Ecke. Die Art des Schutzes, den das Militär gewährte, mag das Folgende zeigen. Herr Brodsky, das älteste Gemeindemitglied, der, mit nur zu großem Recht, für seine großen Waarenvorräthe fürchtete, hatte einige dreißig Wächter ausgesucht, um seine Lokalitäten zu bewachen. So lange diese auf dem Posten waren, wurden die Aufrührer entfernt gehalten. Spät Abends rückten die Truppen aus, die Wächter wurden entlassen und ein Detachement Kosaken besetzte das Magazin. Sobald die Aufrührer dies bemerkten, begannen sie ihren Angriff in Gegenwart der Soldaten und vor den Augen der kommandirenden Offiziere. Nicht den geringsten Versuch machten diese „Beschützer des Eigenthums" der Juden, ihre Freunde unter dem Pöbel zu hindern, so daß das Zerbrechen und Zerschlagen unter dem Grinsen der berittenen Wächter seinen lustigen Fortgang nahm. Erst gegen Mitternacht hörten die Aufrührer für diesen Tag auf und das nur mit der Absicht, am andern Tag von Neuem zu beginnen.

Interessant ist, daß der am Schwersten Verletzte unter den Aufrührern gerade ins jüdische Hospital gebracht wurde, eine großartige Anstalt, wovon ich noch sprechen werde. Während das Gros in den genannten Straßen hauste, "arbeiteten" Banden von 300 bis 400 Personen auf eigene Rechnung. Sie suchten die Privathäuser der besser situirten Juden in den Nebenstraßen und Plätzen auf und begannen einen unterschiedslosen Angriff. Der Empfang war zwar warm, aber nicht in der gehofften Weise, und das ihnen gespendete Metall war nicht das gesuchte. Die Juden waren dort meist bewaffnet und zögerten nicht, sich ihrer Waffen zu bedienen. Aber jeder Jude, der sich vertheidigte oder zu vertheidigen suchte, wurde dann von den Behörden verhaftet und in den Bagno geschickt! Mehr als 200 Juden wurden länger als 14 Tage in der Gesellschaft von Räubern, Mördern und ähnlichem Gesindel auf den Galeeren eingesperrt gehalten, weil sie es gewagt hatten, sich dem Pöbel zu widersetzen. Ihr Vermögen wurde konfiscirt, und wenn sie auch später ihre Beschäftigung wieder aufnehmen durften und ein Theil ihres Eigenthums ihnen zurückgegeben worden sein soll, so war während ihrer gezwungenen Abwesenheit ihr Geschäft zu Grunde gegangen....

Die Leiche des todtgeschlagenen Juden Handmacher wurde nach dem jüdischen Hospital gebracht und blieb da bis zum Begräbniß. Natürlich kamen große Schaaren von Juden, um ihr die letzte Ehre zu erweisen; sie betrugen sich selbstverständlich sehr ruhig und waren sehr niedergeschlagen. Als die Stunde des Begräbnisses nahte, stellte sich ein Trupp Kosaken hinter dem Volke auf. Die Leichenprozession, bestehend aus Gliedern der jüdischen Gemeinde, der Begräbnißbruderschaft, Kindern aus der Waisenanstalt und Zöglingen der Thoraschule, wurde gebildet und setzte sich in Bewegung. Kaum war der Zug im Gang, kaum war der Sarg mit seinen Trägern aus dem Hospitalthor heraus, als der Offizier der Kosaken — welche eigens zum Schutz der Juden aufgestellt worden — seine Leute vorsätzlich in die Menge hineinreiten und mit Peitsche und Knute die Leute auseinander treiben, theilweise niederreiten ließ. Indem er dann sein Pferd mitten unter die Schul- und Waisenkinder hineinspornte, die vor Schreck laut aufschrieen, schlug er mit der Peitsche rechts und links um sich und gab Befehl, den Sarg ins Spital zurückzutragen. Als Grund für dieses schändliche Betragen wurde später angegeben, die Prozession habe eine politische Demonstration beabsichtigt. Der Offizier ist nicht getadelt worden, im Gegentheil scheint er für die gelungene Ausrede gelobt worden zu sein. Das Begräbniß durfte erst den folgenden Tag um 10 Uhr Nachts stattfinden, damit die Empfindlichkeit des Pöbels nicht erregt werde.

Da eine Fortsetzung der Unruhen für den Montag mit Sicherheit zu erwarten war, so wandte sich Dr. Schwabacher an den Generalgouverneur mit der dringenden Bitte um Schutz gegen das noch zu Erwartende. Der General zog seine Uhr heraus. "Wenn der Auflauf beginnt", sagte er, „wird er keine Stunde dauern." Und da er fürchtete, daß die Juden für ihr Leben einstehen würden, hielt er Wort. Montag in der Frühe wurde ein neuer Angriffsversuch gemacht, die an allen Ecken aufgestellten Truppen ließen den Pöbel die Straße ruhig einnehmen, versperrten dann von beiden Seiten den Ausgang und die ganze Sippschaft war in der Falle. Vierhundert wurden auf die Galeeren im Hafen geschickt. Es geht hieraus hervor, wie leicht der ganze Aufstand hätte verhindert werden können, wenn die Behörden gewollt hätten. Das energische Auftreten hielt die Ruhe am Montag und Dienstag aufrecht. Noch immer konnte aber der Plebs nicht an den Ernst des Gouverneurs glauben. Mittwoch Nachmittag um 2 Uhr begann der Skandal im Bazar und dessen Nachbarschaft wieder. Diesmal hatte „Muschik" Weib und Kind mitgebracht, erstlich um in der Plünderung zu helfen, dann auch als „Puffer" für den Fall einer Kollision mit den Juden oder dem Militär. Sie kamen in Haufen von 200 bis 300, denen Kinder von 9 bis 14 Jahren vorausgingen, hintennach kamen die Frauen, Geliebten, Schwestern, Tanten und Basen. Die Soldaten ließen es zu, daß die Plünderer in die Magazine drangen und die Waaren durch Fenster und Thüren in die Straßen warfen. Sowie sie aber wieder herauskamen, wurden sie einzeln abgefaßt und zu ihren Freunden auf die Galeeren geschickt. Nichtsdestoweniger durften die Eigenthümer die gestohlene Waare nicht wieder holen, sondern mußten zusehen, wie die Weiber, ohne von den Offizieren daran gehindert zu werden, und unter dem beifälligen Gelächter der Kosaken Alles wegschleppten. Alles in Allem dauerte jedoch am Mittwoch nur drei bis vier Stunden. Nunmehr war Muschik überzeugt, daß Nichts mehr zu machen sei, und die Unruhen waren zu Ende. Wie zahlreich die Banditen waren, geht daraus hervor, daß mehr als 1800 auf die Galeeren kamen. Davon wurde der größte Theil nach einer Woche wieder freigegeben, einige, nachdem sie gehörig gepeitscht worden, andere ohne dies. Höchstens 20 oder 30 haben eine der Schwere ihres Verbrechens angemessene Strafe erhalten; die Anstifter und Agitatoren aber sind entwischt. Wie viel Schaden angerichtet worden, ist schwer zu bestimmen, da die Bildung eines Comitó's verboten wurde. Manche schätzen ihn auf 200,000 Rubel, andere nur auf 60,000 Rubel. Die Paar Herren, die sich privatim mit der Unterstützung der Bedürftigen beschäftigen, haben bis heute 40,000 Rubel vertheilt, wovon 15,000 Rubel von den reichen Juden am Ort gezeichnet wurden.

In meinem Nächsten werde ich Ihnen über die Aufläufe in anderen Orten des Gouvernements Cherson, namentlich in Kischineff und Berezowska, berichten.

IX.

Alexandrowsk, 16. Juli 1881.

. . . .

Drei Tage dauerte meine Reise auf dem Dniepr von Odessa hierher; in Cherson und in Nikopol wechselten wir den Dampfer. Die Hitze war intensiv, das Boot überfüllt, kein Raum sich zu bewegen und keine Einrichtung zum Schlafen. Wir hatten 300 Bauern an Bord nebst ihren Vorräthen von getrockneten Fischen u. dgl.; welche Annehmlichkeit das im Hochsommer für die Nase bietet, kann man sich denken. Es genügt, wenn ich sage, daß die Aussicht auf Landung sehr verlockend war. Bei der Ankunft im Hafen nahm ich sofort einen der Rumpelkasten von Droschken, deren Kutscher sämmtlich Juden sind. Nicht daß man es ihnen im Entferntesten ansehen könnte, aber die herabhängenden Schaufäden (Zizith) künden ihren Glauben an. Ihr Anzug ist sehr einfach. Westen kennen sie nicht, Röcke sind unnöthig, und Stiefel sind ein Luxus, den sich nur die Frau zu Hause gestatten kann. In bäuerlichen Gegenden, gleich den hiesigen, ist die Jüdin, ob jung oder alt, an ihren Stiefeln zu erkennen. Der gewöhnliche Bauer besorgt seinen Weibsleuten nur in seltenen Fällen Fußbekleidung, und dann sind es stets Schaftenstiefel oder Lappenschuhe, wie er sie selbst trägt. Kaum hat ein Passagier den Boden berührt, so wird er mit Fahrangeboten überhäuft. Fünfzig Kopeken, ruft einer. Aber die Konkurrenz — Jude gegen Jude — bringt den Preis balb herunter. Vierzig, dreißig! Fort geht es über Sand und Schmutz auf entsetzlich unebenem Boden. Wir gelangen an eine feste wohlgebaute Brücke, welche über ein Schlammbett führt, das im Frühjahr von einem reißenden Strom ausgefüllt wird. Aber der Kutscher fährt um die Brücke herum, weil der Gouverneur ihre Benutzung nur im Frühjahr erlaubt! Die Stadt muß jährlich 6000 Rubel zahlen, angeblich zur Unterhaltung jener Brücke, die Niemand benutzen darf, und inzwischen bleiben die Frachtwagen Fuß tief im Schlamm stecken, und deren Inhalt muß auf dem Rücken von Lastträgern stückweise hinübergetragen werden. Indem ich über diese schwierige Materie nachdenke, und mein abscheuliches Gefährte vergesse, sinkt plötzlich das Pferd ein, die Hinterräder heben sich, die Droschke hält, und ich sitze unversehens acht Zoll tief im Koth. Ich klettere wieder hinauf und erreiche endlich in nicht gerade salonfähigem Anzug die Stadt, die in die Annalen der Judenhetze auch ihren Namen eingetragen hat.

Alexandrowsk ist eine ungepflasterte, unkanalisirte, schmutzige Stadt von 10,000 Einwohnern, darunter 400 jüdische Familien. Dreihundert der jüdischen Familienhäupter sind Arbeiter und Handwerker! Dies theilte mir der Oberrabbiner Abraham Lawrat und der Präsident der Gemeinde, Schtschebrowitz, mit, die mich auch versicherten, daß im ganzen Distrikt nicht ein jüdischer Geldverleiher sich befinde. Die einzigen Personen, die bekannte Wucherer sind, sind drei der höheren Regierungsbeamten. Zwei Advokaten und Stadträthe sind Juden. Der Handel der Stadt ist nur durch die Juden geschaffen worden. „Vor 18 Jahren", erzählte mir der Oberrabbiner, „als ich hierherkam, gab es weder Verkehr, noch Handel, weder Eisenbahn, noch Dampfer. Kein einziger Bauer besaß Wagen und Pferd. Langsam kamen Juden, langsam knüpften sie Verbindungen an, und allmählich machten sie aus dem abgelegenen Nest einen Geschäftsplatz und einen blühenden Hafen. Heutzutage sind hier fünfhundert Gefährte aller Art. Und wie so? Weil die Bauern mit Auf- und Abladen, mit Fortführen ihrer Produkte, die früher verfaulten, beschäftigt sind. Wir haben ihnen die Mittel verschafft, sich Wagen und Pferde anzuschaffen. Diese selben Leute bedrohen jetzt unser Leben, sie haben am 13. Mai, wie sie sagen, nur gefrühstückt, sie wollen auch zu Mittag essen." Dr. Lawrat, der so sprach, war nämlich der Erste gewesen, der, nachdem eine jüdische Schenke ausgesoffen war, angegriffen wurde und sein Leben nur mit Mühe rettete. Nichts in seinem Hause entging der Zerstörung. Mit den im Hause gefundenen Schlachtmessern verfolgte ihn der Pöbel; doch er entkam glücklich unter das Dach eines Nachbarhauses. Ich fand in seiner Wohnung durchaus Nichts, als drei neugekaufte Stühle; alles, einschließlich Betten und Kleidungsstücke, war zerstört oder gestohlen. Nichtsdestoweniger ging es hier insofern nicht so skandalös zu, wie an anderen Orten Süd-Rußlands, als, so viel ich erfahren konnte, kein Todtschlag und keine Schändung vorkam.

21. Juli 1881.

Vier Tage lang habe ich zu meiner Information die Umgebung besucht. Leider kann ich von dieser nicht dasselbe sagen, wie von Alexandrowsk. In den Dörfern kamen die abscheulichsten Greuel vor, deren sich ein Apache-Indianer schämen würde. In Alexandrowsk waren ebenfalls die Unruhen des 13. Mai einen Monat vorher angesagt und die Behörden um Hülfe gebeten worden, und ebenfalls wurde von diesen dem Pöbel passive Unterstützung geleistet. Die Rädelsführer kamen von Elisabethgrad und Kiew und setzten hier ihr begonnenes Werk fort. Der Rabbiner und zwei angesehene Gemeinde-Mitglieder hatten sich vorher zu dem Gouverneur nach Jekaterinoslaw begeben und waren auf ihre Bitte um vorbeugende Maßregeln durch die Bedienten im wahren Sinne des Wortes hinausgeworfen worden. Der Lärm begann in der Schenke des Juden Mindlyin, eines blonden, kräftigen Mannes, den der Pöbel aus dem Keller holte und auf den Boden legte. Dann wurde eine Mischung von Wein, Bier, Branntwein, Oel, Cayennepfeffer, Essig, Senf und Salz gemacht und dem Unglücklichen in solchen Massen eingegossen, daß ihm das Blut aus der Nase drang; schließlich wurde er in den kothgefüllten Rinnstein geworfen. Dann kam des

Rabbiners Haus daran; hierauf ging es zu Goldenstein, den man für
den reichsten Juden hielt. Dessen Haus wurde vollständig geplündert,
der eiserne Kassaschrank sogar geöffnet und ausgeleert. Einer der Rädels=
führer vertauschte hier seine schlechten Kleider mit gestohlenen guten, ver=
gaß aber seinen Paß herauszunehmen. Auf Grund des Passes, der der
Polizei vorgelegt wurde, war es leicht, den Menschen zu erwischen; die
Polizei fand auch die Schlüssel des Kassaschrankes bei ihm, that ihm aber
nicht das Geringste. Ein anderer Haufe eilte nach dem jüdischen Friedhof,
öffnete die Gräber und die Särge und warf die Leichen umher. Synagoge,
Wohnhäuser, Läden, Alles wurde so gründlich zerstört, bis Morgens 9 Uhr,
daß von 400 Familien 300 nichts mehr übrig hatten, als die Kleider
am Leib. Einem Juden wurde ein Auge ausgeschlagen, zweien der Arm
gebrochen, einer bis an den Hals in einen Brunnen hinuntergelassen und
länger als 3 Stunden im Wasser gehalten, wovon er noch jetzt krank
darnieder liegt. Eine Frau, Namens Rhassa, wurde in Folge der Drohungen
des Pöbels wahnsinnig. Ein bisher wohl situirter Mann, Moses Rostoffski,
wurde von seinem christlichen Miether aus seinem eigenen Haus vertrieben;
dieser nahm den ganzen Inhalt an Möbeln und Waaren, wie Wagen und
Pferd, in Besitz. Das Gericht der Provinz hat auch befohlen, den Eigen=
thümer wieder einzusetzen; aber die Lokalbehörde hat ihn sammt dem
Dekret die Treppe hinuntergeworfen, und er muß sich mit seiner Familie
in einer gemietheten Scheune aufhalten. Samstag um 10 Uhr Abends
kamen Truppen von Jekaterinoslaw; sie hätten viel früher da sein können,
wenn nicht der Beamte die Depesche der Juden fünf bis sechs Stunden
zurückgehalten hätte, ehe er sie dem Gouverneur übergab! Inzwischen
hatten sich die Rädelsführer in die umliegenden Ortschaften zerstreut und
dort ihr Werk begonnen. Ich komme von einer Rundreise in denselben
eben zurück.

  In Kamischowatscha schützten sich die Juden auf kluge Weise. Sie
begaben sich alle zusammen zu einer Versammlung ihrer christlichen Mit=
bürger und sagten: „Ihr habt gehört, der Czar soll einen Ukas erlassen
haben, daß wir 3 Tage lang geplündert werden sollen. Wir glauben
das nicht; wir wissen, daß es nicht wahr ist. Indeß kommt morgen ein
Haufe von Alexandrowsk, um unsere Sachen zu nehmen. Warum sollen diese
Fremden den Nutzen haben? Nehmt Ihr es lieber. Wenn sich der Befehl
als unbegründet herausstellt, so habt Ihr Euch nicht zu verantworten;
andernfalls gehören die Sachen Euch. Hier sind unsere Schlüssel." Die
Christen nahmen die Schlüssel, und als die Räuber am anderen Morgen
kamen, wurden sie von den Dorfbewohnern selbst vertrieben. Nichts wurde
berührt, und zwei Tage nachher gaben die Bauern, als sie sahen, daß
der Ukas nicht existirte, den Juden Schlüssel und Eigenthum zurück.

  Ein anderer Ort heißt Kitzkis, wo bis neulich 25 jüdische Familien
wohnten. Drei Tage nach den Unruhen in Alexandrowsk beschlossen die
Bauern, die Juden anzugreifen und sie hinauszutreiben. Aufgehetzt von
einem gewissen Mitoffkin, versammelte sich der Pöbel spät des Abends,

sammelte trockene Reiserbündel, beschmierte sie mit Theer, und begab sich daran, die Judenhäuser anzuzünden. Den meisten Juden gelang es noch, als sie erwachten, sich mit ihren Familien durch die Flucht zu retten. Drei Unglückliche aber wurden lebendig geröstet. Die Hütte, welche die Familie Preskoff bewohnte, fing rascher Feuer, als die andern; die Frau erwachte, rannte heraus, und wollte, als sie sah, was vorging, zurück, um ihren Mann und ihre zwei kleinen Kinder zu wecken, da packte sie Mitofffin so fest, daß sie trotz aller Anstrengung sich nicht los machen konnte. Plötzlich erschienen die Kleinen an der Thür, nach ihrer Mama schreiend; verzweifelnd kämpfte die Mutter, umsonst, Mitofffin war stärker als sie. Noch einen Augenblick, und Dach, Wände, Alles stand in Flammen, der Mann erstickte im Rauch, die Kinder verbrannten vor den Augen der Mutter! In kurzer Zeit waren alle 25 Häuschen niedergebrannt. Morgens war schon ein Haufe nach einer alleinstehenden Schenke gestürmt, die einem Juden, Wallach, gehörte. Während seiner Abwesenheit drangen die Unmenschen ein, und waren im Begriff, seiner Frau Gewalt anzuthun, als er nach Hause kam und mit seiner Peitsche rechts und links um sich schlug. Ohne ein Wort zu sagen, stürzten sie auf ihn mit Aexten, Beilen und Eisenstangen, schlugen ihm den Schädel ein und zerhieben sein Gesicht zu einer unförmlichen Masse. Dann begann die Plünderung und Zerstörung.

Von da kam ich nach Bafke. In solchen einsamen, abgelegenen Flecken wurden die schlimmsten Greuel verübt. In einem Weiler z. B. wohnte ein einzelner Jude, Allowicz, und in der ganzen Gegend wohnten nur 20 Bauern=Familien; diese überfielen am 17. März die einsame Schenke, deren Besitzer abwesend war. Die Bauern, unter ihnen einige beurlaubte Soldaten, verlangten Wudki; die Frau, die mit ihrem kleinen Mädchen allein war, beeilte sich, das Verlangte zu bringen, dann wollten sie Bier, sie bekamen das auch. Als sie sich gehörig berauscht hatten, schleiften sie die unglückliche Jüdin in ein Hinterzimmer, mißbrauchten sie, bis sie das Bewußtsein verlor, dann zündeten sie, um alle Spuren ihres Verbrechens zu vertilgen, das Haus an, und es verbrannte mit dem bewußtlosen Weibe. Nur den Andeutungen, die das während dessen in einem Graben versteckte Kind dem Vater gab, konnte er das Geschehene entnehmen. In Znamenka kamen betrunkene Bauern und Kosaken in eine Schenke, die dem Juden Nesser gehörte. Alle Flaschen wurden ausgetrunken, zuletzt nahm einer eine Flasche vom Mund und schlug sie dem Wirth auf den Kopf, daß er bewußtlos zusammen stürzte. Dann holten sie die Frau aus der Küche, mißbrauchten sie, schleiften Mann und Frau an den Haaren über das Feld und warfen sie in den Fluß! Von dem kleinen Raum zwischen Alexandrowsk und Bilske, sind mir mehr als achtzig Schändungs=fälle gemeldet worden, deren einige Mädchen von zehn und zwölf Jahren betrafen, mehr als 17 waren unverheirathete erwachsene Mädchen, deren einige noch an den Folgen leiden. Und nicht ein einziger der Verbrecher ist bestraft worden!

Bei Tepiene, halbwegs zwischen Bilske und Berdiansk, bewohnte ein jüdischer Fuhrmann, Namens Slotkoff, ein Häuschen am Markt. Sieben Tage nach Alexandrowsk wurde hier zu plündern begonnen. Auch Slotkoff's Haus wurde angegriffen; er war ausgegangen. Seine Frau floh, und, um ihr zweijähriges Kind zu verbergen, setzte sie es in den Brunnen-Eimer, indem sie das Seil so befestigte, daß der Eimer, den sie hinabließ, nicht bis ins Wasser kam; sie selbst versteckte sich auf dem Boden. Der Pöbel stürmte herein; Einem fiel der Knoten am Seil auf, er machte ihn auf, zog den Eimer in die Höhe, bemerkte das Kind, stülpte den Eimer um — und das Kind stürzte in den Brunnen, ehe die unglückliche Mutter, die das Ganze von oben mit ansah, es hindern konnte. Die Frau starb vor Gram.

In Rasdor wollten die Juden mit ihrer Habe fortziehen. Die Bauern aber schrieen: „Seht, die Juden wollen mit un s e r e n Sachen durchgehen!" und hielten sie zurück. Einige, die sich nicht abhalten ließen, bekamen die Erlaubniß, jedoch ohne Hausrath, Kleider oder Zehrung. Ein Jude, der in einiger Entfernung wohnte, wußte von diesem Vorfall Nichts; er machte sich mit seinen Sachen, begleitet von Frau und Kindern, nach Sinelnikow auf. Unterwegs begegnete ihm ein Haufe; er fiel vor ihnen auf die Knie und bat um sein Leben. Die Räuber versprachen ihn gehen zu lassen, wenn er ihnen all' sein Geld, sein Hab und Gut ausliefere. Sobald er dies gethan, schnitten sie ihm den Hals ab, warfen den Körper auf den leeren Wagen und sagten zur Frau, sie möge weiter fahren.

X.

In der Jüdischen Kolonie bei Gulaipol, 5. August 1881.

Vor 35 Jahren öffnete die russische Regierung den Juden die Gymnasien und Universitäten und beschloß zu gleicher Zeit die Anlegung jüdischer Ackerbaukolonieen im Gouvernement Jekaterinoslaw; hier zwischen Gulaipol und Mariopol, am Azow'schen Meer, hatten sich schon deutsche Mennoniten niedergelassen. Jüdische Kolonisten waren leicht gefunden, umsomehr als ihnen Befreiung von dem 26jährigen Militärdienst für sie und ihre Nachkommen zugesichert wurde. 25 jüdische Familien wurden aus Litthauen dorthin verpflanzt, und gründeten eine Kolonie, welche offiziell mit No. 1, von den Juden als „Ruhefelder" bezeichnet wurde, da sie dort Ruhe gefunden zu haben glaubten. Weitere 150 Familien folgten, die in 18 Kolonieen eingetheilt und in dem Dreieck zwischen Orjetschow, Krementschug und Mangusch angesiedelt wurden. Niemand kümmert sich um die Verhältnisse dieser Kolonieen; ich war der erste Fremde, der sie besuchte. Kein Mensch in Odessa konnte mir sagen, wo sie lägen, nicht einmal der Rabbiner; er wußte nur, daß sie bei Alexandrowsk seien. Ich machte daher einen großen Umweg, indem ich einen Tag von da bis zur 1. Kolonie zu reiten hatte, während ich von Nikopol direkt nach Orjetschoff hätte gehen können. Dienstag Abends erreichte ich Gulaipol, welches sich durch Zahlung von 2000 Rubel von Plünderung befreit hatte, und die Kolonie am Mittwoch früh.

Die Kolonieen bestehen jede jetzt aus 25 bis 30 Familien, liegen 10 bis 20 Werst von einander, und stehen unter einem gemeinsamen Oberrabbiner, Dr. Bruk, einem gebildeten Mann der neuen Schule. Die Kolonisten stehen sich in der besten Zeit schlecht; ich traf sie aber im äußersten Elend, sie waren beraubt und geplündert worden, sie hatten Nichts übrig, als ihre elenden mit Stroh gedeckten Holzhütten ohne Fenster und ihre unterirdischen Lehmhütten. Ihre Wohnungen unterscheiden sich in Nichts von denen des russischen Bauers, als daß sie wie alle Juden Betten und Bettstellen haben, während der Bauer sich im Schaffell auf die Erde streckt. Sommer und Winter arbeitet der Kolonist mit Frau und Kindern von 5 Uhr Morgens den ganzen Tag. Das Frühstück besteht aus Thee ohne Milch und schwarzem Roggenbrod, das Mittagessen für die Kleinen aus Kartoffeln und Schwarzbrod, für den Vater mit Zugabe einer rohen Gurke mit Salz, dann wieder Thee; das Abendessen aus Brod und rohen Zwiebeln, vielleicht einem getrockneten Fisch dabei, dann wieder Thee. Nur am Samstag und Feiertag sucht der Mann außer dem Fisch ein Stückchen Kalbfleisch zu erlangen. Er kennt sein unseliges Loos und schweigt. Ihrem Aeußeren nach sind diese jüdischen Ackerbauer kräftig gebaut und blond. Ich bin gegenwärtig zu Gast bei einem dieser Kolonisten, Rab Jizchak Oretscho. Er ist einige dreißig Jahre alt, über Mittelgröße und stracf, mit wettergebräunten Wangen, von röthlichem Haar und Bart und blauen Augen. Seine Kleidung besteht in weiten Hosen, die in Kanonenstiefeln stecken, einer weiten Canevas=Jacke, die ein zerrissenes Hemd sehen läßt, die Schaufäden sind sichtbar (das Einzige, was ihn als Juden kennbar macht); den Kopf bedeckt ein breiträndriger Strohhut. Vor einigen Stunden sah ich ihn mit Frau und zwei Kindern emsig an der Arbeit. Seine eigenen Geräthschaften waren während der Schreckenstage zerbrochen worden, Pferd, Wagen und Rindvieh fortgetrieben, aber es war ihm gelungen, sich einen hölzernen Pflug von uralter Façon zu verschaffen, der von gemietheten Pferden gezogen wurde. Sein Weib und seine Tochter in kurzen rothen Unterröcken, die Köpfe und Schultern mit grauen Tüchern bedeckt, gruben ein Paar Kartoffeln aus, die von dem Pöbel geschont worden waren, und sangen lustig einen Refrain; es war eine russische Uebersetzung des uralten jüdischen Osterliedes vom Lämmlein! Und daneben saß ein kräftiger Bube von 2 Jahren in bloßem Nachtkittel auf einem Sandhaufen, im Anschauen der Arbeit vertieft. Als ich sah, wie diese Leute sich plagten und schließlich kaum so viel ernten, um ihre Steuern und trockenes Brod zu erschwingen, kamen mir die deutschen Nachbarn in den Sinn. Diese reiten jeden Morgen über ihre Felder, sehen zu, daß die Taglöhner ordentlich arbeiten, und traben zu ihren Familien zurück, die keine Hand anlegen dürfen.

Was mag wohl den Unterschied zu Ungunsten der Juden verschulden? Ich untersuchte die Sache und kam zu folgendem Resultat. Die deutschen Kolonisten kamen zuerst und durften sich das Land aussuchen; als bewährte Ackerbauer suchten sie sich natürlich den besten Boden aus. Fünfzig Jahre später kamen die Juden; die Deutschen hatten sich vermehrt und ausgebreitet, für die Juden blieb Nichts übrig als armer sandiger Boden, aber sie mußten eben nehmen, was die Regierung ihnen gab. Dabei verstanden sie Nichts vom Ackerbau; erst nach Jahre langer unproduktiver Arbeit kamen sie zu der Erkenntniß, daß ihr Boden unfruchtbar ist. Ferner erhielten die Deutschen das Land als Geschenk frei von jeder Abgabe; der Jude muß ein Viertel des geschätzten Ertrages abgeben, und zwar nach der Schätzung des Ertrags seines mennonitischen Nachbars. Manche der jüdischen Ackerbauer müssen 10 bis 12 Werst weit ihr Wasser holen! Ferner bekam jede Familie vor 35 Jahren 40 Diftinen Land; jede Familie ist aber zu drei oder vier geworden, also hat jetzt jede nur 10 bis 12 Diftinen. Von den 40 ursprünglichen Diftinen müssen 10 die Steuer bezahlen, 10 sind nothwendig für Weiden für Pferd und Rind und 6 oder 7 zum Winterfutter! bleiben im allergünstigsten Fall für die damalige Familie 15 Diftinen, oder jetzt nur 5. Von dem Ertrag dieser 5 Diftinen ist aber kaum der Unterhalt zu ernten. Die Söhne dieser Kolonisten sind durch das Gesetz verpflichtet, in derselben Kolonie zu bleiben; verlassen sie sie, so trifft sie Gefängnißstrafe. Für zwei= bis dreihundert Rubel könnten sie sich wohl die Erlaubniß verschaffen, sich anderswo niederzulassen; aber woher eine solche Summe aufbringen? Unter solchen Verhältnissen ist es kein Wunder, daß die Deutschen reicher und reicher, die Juden ärmer und ärmer werden.

8. August 1881.

Ich will mit wenigen Worten noch auseinandersetzen, wie wenig auf diese Kolonieen die gewöhnlich den Juden gemachten Vorwürfe passen, namentlich wegen Ausbeutung, Wucher und Branntweinschank. Zuvörderst ist den Juden überhaupt verboten im Ackerbaudistrikt Schenken zu halten, bei einer Strafe von zwei Jahren Zuchthaus. Seit mehr als 40 Jahren ist hier herum keine Schenke gewesen. Geld verleihen können die Kolonisten nicht, denn sie sind so unsäglich arm, daß sie sich nicht einmal ordentliche Utensilien anschaffen können. Sie sind viel schlimmer dran, als die russischen Bauern, weil sie mehr Steuern zahlen müssen, und nähren sich schlechter, weil sie ihre Speisegesetze beobachten. Die Bauern sehen auch die elende Lage des jüdischen Kolonisten jeden Tag vor Augen. In der hiesigen Gegend, abgetrennt von allem Verkehr, mündlichem, gedrucktem oder schriftlichem, ist jeder Jude ein Spielball in den Händen des Tschinownik. Wie die Behörden hier gegen die Juden gesinnt sind, mögen ein Paar Beispiele zeigen. Rostoffski lebte seit zehn Jahren in Gulaipol;

vor zwei Monaten erwachte er eines Nachts und sah, wie sein Nachbar, ein alter Trunkenbold und Spitzbube, das Vorlegeschloß an einem Schuppen abmachte, die Thür öffnete und eine Partie Werkzeuge daraus fortnahm. Rostoffski machte Anzeige bei der Polizei; Nichts erfolgte. Drei Tage später kam der Muschik wieder und nahm eine Gans mit. Wieder vergebliche Polizeianzeige. Nach zehn Tagen wurde der Dieb kühner; er versuchte die Thür des Wohnhauses zu sprengen. Da bewaffnete sich der Jude mit einer Axt und drohte sie zu gebrauchen, wenn der Einbrecher nicht sofort wegginge. Der Muschik schlich sich weg. Der Jude ging aufs Polizeibüreau, bestand darauf, den Chef zu sprechen, und erzählte ihm die Vorfälle. „Er hat Dir eine Gans gestohlen? und wie lange wohnst Du in dieser Stadt, Jude?" Ueber 10 Jahre, erwiderte Rostoffski. „Glaubst Du denn", donnerte der Polizeichef, „ein Mann, der seit sechszig Jahren hier wohnt, wird bestraft werden, weil er eine dreckige Gans einem noch dreckigeren Juden gestohlen hat, der erst seit 10 Jahren hier wohnt?"

Leyser Abramoff verlor Pferd, Wagen, Vieh und vieles Andere bei den Unruhen. Der Generalprokurator der Provinz kam, um Untersuchung anzustellen; unter Andern beklagte sich auch Abramoff. Am folgenden Tage wurden verschiedene Rädelsführer eingebracht, und Abramoff erkannte unter wiedergebrachten Gegenständen auch sein Eigenthum. Der Prokurator ließ ihn durch ein Paar Soldaten rufen; dieselben erwarteten ihn, da er nicht zu Hause war, und führten ihn des Abends trotz aller Proteste fort. Es war Morgen, ehe sie Mariopol erreichten, inzwischen war der Prokurator nach Norden abgereist, ohne Instruktionen zurückzulassen. Der Jude war von Soldaten gebracht worden, wurde deßhalb ins Gefängniß gesteckt, zusammen mit den Schurken, die ihn beraubt hatten, mußte dort arbeiten, bis nach drei Wochen die Ordre kam, ihn freizugeben und ihm sein Eigenthum zurück zu erstatten. Es war jedoch Nichts mehr zurück zu erstatten; da Niemand da war, um Anspruch zu erheben, waren die Sachen verkauft worden, das Geld kam nicht mehr zum Vorschein, und Abramoff muß betteln gehen.

Selbst zur Zeit der schlimmsten Verfolgung, wo jedes Wort einem Juden Unglück bringen konnte, verbargen die kleinen Beamten ihren Haß nicht. So z. B. in Nzanie. Während die Juden ringsum erschlagen wurden, waren diejenigen, die an diesem kleinen Ort wohnten, in ängstlicher Erwartung eines gleichen Angriffs. Das Gesindel wartete nur auf einen Vorwand. Endlich begann ein Arbeiter in einem der Schnapsläden das Volk zu haranguiren, indem er es aufforderte, die Judenfrage so zu lösen, wie die Mitbürger in den Nachbarprovinzen. Einige Juden ergriffen den Hetzer und brachten ihn zu dem Pristaw. Die Antwort dieses Beschützers der Ordnung war eine Fluth von Schimpfworten auf die verfluchten Juden; er schloß mit den Worten: „Ich selbst würde gern, wenn ich könnte, jedem Juden die Kehle abschneiden." Daß der Pöbel hiernach nicht lange wartete, leuchtet wohl ein. So war es in allen ländlichen Bezirken längs des Dniepr, von Cherson bis Krementschug, in allen abgelegenen Dörfern und Weilern. Sehr vereinzelte Ausnahmen hat es freilich gegeben; aber nur drei Plätze sind mir, trotz aller meiner Nachforschungen, bekannt geworden, in denen die Beamten für die Juden einstanden, und diese sollen gleichfalls mitgetheilt werden.

In Vazansk gab der Gouverneur den Bauern eine recht praktische Lektion. Als ihm Gerüchte von einer beabsichtigten Judenhetze zu Ohren kamen, gab er Befehl, daß der Wochenmarkt in Zukunft am Samstag statt am Donnerstag gehalten werden solle. Zu gleicher Zeit ließ er die Juden wissen, sie möchten schließen und ruhig bleiben. Der Samstag kam heran; Muschik und seine Freunde stellten sich auf dem Markte ein mit Produkten und Vieh zum Verkauf, um dagegen ihre gewöhnlichen Einkäufe zu machen. Aber da waren keine Juden, keine Käufer, keine Makler. Die Bauern wollten sich erfrischen; aber die Schenken waren geschlossen. Muschik konnte nichts thun als umherspazieren. Nachmittags kam der Gouverneur zum Bazar und fragte eine Gruppe von Bauern: „Nun, wie ist es Euch auf dem Markt gegangen? Seid Ihr mit der Aenderung zufrieden?" „Was ist das für ein Markt?" riefen die Landleute, „wo keine Juden sind, kauft Niemand und verkauft Niemand. Es ist kein Markt." „Es freut mich das zu hören", erwiderte der Gouverneur, „denn Ihr seht jetzt die Nothwendigkeit, Juden hier zu haben. Und da mir Gerüchte von beabsichtigten Angriffen auf sie zu Ohren gekommen sind, so bin ich überzeugt, daß Ihr jetzt es unterlassen werdet, so nützliche und harmlose Mitglieder der Gesellschaft zu plagen." Der Gouverneur hielt ihnen auch eine längere Rede über die Thorheit und Sinnlosigkeit der Judenhetzer, und mit so gutem Erfolg, daß im ganzen Distrikt kein Jude belästigt wurde. In gleicher Weise wurden die Juden im Dorf Pokrowsk durch die Bemühungen des Pristaws Smetschkow gerettet. Alles war bereit, der Pöbel versammelt und erwartete nur das Signal. Aber Smetschkow befahl den Rädelsführern, sofort abzustehen, da ein Ukas wegen Plünderung und Zerstörung der Juden nicht existire. Unterdessen kam ein Reservist herzu und sagte: „Wir glauben Euch nicht, wenn Ihr uns nicht schwört, daß ein solcher kaiserlicher Ukas nicht existirt. Denn Ihr könntet ihn vor uns verbergen, und dann würden wir verantwortlich gemacht werden können für unsren Ungehorsam gegen des Czars Befehle!" Der Beamte bewies ihnen alsbald, daß eine solche Vorschrift nie existirt haben könnte. So wurde der Friede bewahrt. In ähnlicher Weise verhinderte der Gouverneur von Jekaterinoslaw selbst den Ausbruch durch zeitige Ankündigung seines Entschlusses, die Ordnung zu erhalten und die Juden zu beschützen, wenn nöthig, selbst durch Anwendung von Feuerwaffen. Aber dies waren die einzigen Ausnahmen, in den übrigen Fällen waren die Beamten nur allzu einverstanden.

Die Unruhen in diesem Theil von Südrußland bestanden nicht in einem organisirten, auf einen Tag festbestimmten Angriff, den dieselben Individuen planmäßig unternahmen, wie dies in den früher erwähnten großen Städten der Fall war. Die Ausdehnung der Kolonien und der bäuerlichen Distrikte war zu groß, um einen einzigen vorbedachten Angriff zu ermöglichen. Es waren vielmehr eine Menge kleinerer plötzlicher Ausbrüche, hier, dort und überall, im Dniepr=Distrikt, der 500 Meilen (engl.) lang und 300 Meilen breit ist. Der Umstand, daß der Ausbruch an jedem Orte unerwartet kam, daß es unmöglich war, einen so ausgedehnten Flächenraum mit Truppen zu belegen, daß die Ortschaften ganz isolirt waren, vergrößerte den Schrecken der Juden und versetzte die Armen in Angst und Furcht, wenn sie durch jüdische Reisende von den Greuelthaten in den Flußprovinzen hörten. Die Vorgänge im Ananiew=Distrikt mögen dem Leser einen Begriff davon geben, in welcher entsetzlichen Weise die Juden in den Dorfschaften mißhandelt wurden.

Berezowka, in genanntem Distrikt, ist ein ruhiges Oertchen, etwa wie Alexandrowsk; das Centrum einer Ackerbaugegend. So klein der Ort ist, so wurden hier doch vielleicht schauderhaftere Greuel verübt, als an irgend einem Platz, den ich bisher besuchte. Die Einzelheiten mancher am hellen lichten Tag vollbrachten That sind zu schandvoll, als daß ich sie erzählen könnte. Aber von den Andeutungen, die ich geben will, mag der Leser einen Schluß ziehen auf die Verbrechen, die ich unausgesprochen lasse. Samstag den 21. Mai Morgens waren die Juden ruhig in ihrer Synagoge versammelt, ihre Frauen und Kinder waren zu Haus geblieben. Still versammelte sich ein Haufe von Bauern, Arbeitern, Müßiggängern und Strolchen auf dem Marktplatz und begannen auf ein gegebenes Zeichen die jüdischen Läden und Häuser zu plündern, während die Juden ohne Argwohn ihre Gebete verrichteten. Als der Pope sah, was vorging, ließ er die Kirchenglocken läuten; der Pöbel sammelte sich um den Geistlichen, der ihnen das Schändliche ihres Betragens vorhielt und sie abzustehen bat. Aber vergeblich; der Pöbel wurde ärger und ärger, immer wüthender und bösartiger. Sie stürzten aus der Kirche und erzählten jedem vorbeigehenden Arbeiter oder Bauern, daß der Pope ihnen eben den kaiserlichen Ukas vorgelesen habe, in welchem die Ausrottung der Juden anbefohlen werde. Und nun begannen die Schreckensszenen. Die Männer waren in der Synagoge; die Frauen allein und unbeschützt. Die Haufen drangen in die Häuser, Weiber wurden halb todt geschlagen, mit Füßen getreten und geschändet. Diejenigen, die schreckensbleich auf die Straße liefen, wurden auf der Straße niedergeworfen und am hellen Tage in der teuflischsten Weise von ganzen Banden mißbraucht. Diejenigen, denen es gelang zu entwischen, wurden in den Fluß gejagt und unterwegs gepeitscht. In dem Flusse standen nun die hülflosen Frauen, manche mit Säuglingen auf dem Rücken, bis zum Hals im Wasser, bereit sich zu ertränken, eher als den ihnen zugedachten Mißhandlungen sich zu unterwerfen. Mehr als vierzig dieser unglücklichen Mütter waren hier in stummer Todesangst vier Stunden zusammengepfercht, bis die Annäherung von Militär und Polizei den Pöbel vertrieb. Dann kehrten sie zurück, um ihre Häuser zerstört, ihre Gatten und Kinder zerstreut zu finden. Die Gesundheit vieler dieser Frauen ist ruinirt; neun sind an den Folgen der Erkältung gestorben. Die Zahl der in den Straßen Geschändeten beläuft sich auf über hundert, und von diesen sind viele auf Lebenszeit unglücklich, drei sind seitdem gestorben. Während eine Abtheilung des Pöbels diese Heldenthaten verrichtete, verschaffte sich ein anderer Haufe einige gegerbte Häute. Dann machten sie ein Gemisch von Syrup, Pfeffer, Reis, Salz und Thee und schnitten kleine Stücke jener Häute hinein. Dann spürten sie alle jüdischen Kinder auf und zwangen sie, das ekelhafte Gemisch hinunter zu würgen, wobei einige Kleinen von zwei und drei Jahren fast erstickten. Wenn die Kinder widerstanden, schlugen sie ihnen die Zähne ein, zerrissen ihnen die Lippen und den Gaumen, um sie zum Schlingen zu nöthigen. Bei jedem Schmerzensschrei der Kleinen jauchzte der Pöbel vor Vergnügen. Einem Kinde wurde ein Auge ausgeschlagen, einem andern der Arm verrenkt. Die Behörden waren ganz machtlos. Als der Pristaw mit einigen Kosaken-Unteroffizieren und einer Abtheilung Polizei erschien, wurde er mit Zischen und Grunzen empfangen. Die Beamten wollten daraufhin den Pöbel zerstreuen; der aber stürzte auf den Pristaw, packte ihn und warf ihn hoch in die Luft, daß er mehr todt als lebendig auf den Boden herunterstürzte. Ebenso machte man es seinen Begleitern, und dann traf man Vorbereitungen für den folgenden Tag. Am Sonntag Morgen waren alle Vagabunden der Umgegend eingetroffen, und die Szenen erneuerten sich. Juden wurden auf die Straßen geschleift, gesteinigt, mit Füßen getreten, gepeitscht und selbst mit Messern gestochen. Zwei wurden geradezu gemordet; fünfzehn blieben für todt in den Straßen liegen, sie haben sich inzwischen etwas erholt, doch sind zwei davon auf Lebenszeit Krüppel. Drei junge Mädchen wurden nackt durch die Straßen gepeitscht und ein Knabe von sieben Jahren vor den Augen seiner Mutter mit Steinwürfen so zugerichtet, daß er am andern Tage starb. Und zu guter Letzt wurden alle Judenhäuser in Brand gesteckt. In den Distrikten außerhalb und den Ackerbaudörfern wurde das den Juden gehörige Getreide abgemäht, das Vieh weg getrieben, Pferde und Wagen unter die Aufrührer vertheilt, die Häuser geplündert und zerstört.

In den Kolonieen um Gulaipol, Orjetschoff und Mariopol kamen die jüdischen Kolonisten mit dem nackten Leben davon. In einigen Orten wurden ihre Häuser Nachts, in andern am Tage angezündet und Alles gestohlen. Drei jüdische Niederlassungen, Kolonie Messeritsch No. 4, Netschawkje und Trudoljowkje, sind vollständig verwüstet. Nur dem Schutz der deutschen Nachbarn haben die Juden es vermuthlich zu verdanken, daß sie nicht ermordet wurden, und hätten jene ihnen nicht Unterkunft gewährt, würden Dutzende dem Elend erlegen sein. Die Austreibung aus Netschawkje war von besonders schändlichen Umständen begleitet. Anderswo erhielten die Juden die Aufforderung, binnen zwölf Stunden sich fortzumachen; hier aber wurden sie augenblicklich hinausgejagt. Eine Frau war ihrer Entbindung nahe und konnte nicht gehen, da sie außerdem

kränklich war. Ihr Mann bat, man möge sie in Anbetracht ihres
Zustandes doch da lassen. Der Pöbel aber riß die Frau aus dem Bett
und legte sie vor dem Hause nieder. Sie kroch auf allen Vieren zu einem
deutschen Hofe in der Nachbarschaft, wo sie Unterkunft und Wartung fand.
Bei Wassilkow, etwa 3 Werst davon entfernt, hielt Mordechai
Reichelmann mit Vater und Familie eine einsame Schenke. Vor einigen
Tagen wurde der Jude mitten in der Nacht durch Klopfen am Thor
erweckt. Man begehrte Einlaß. Reichelmann sah durch das Fenster eine
Bande von Bauern, mit Prügeln, Sensen und Aexten bewaffnet. Natür=
lich verweigerte er ihnen den Eintritt. Hierauf schlugen sie das Thor
ein, stürzten in die Zimmer und fielen die schlaftrunkenen Insassen an.
Erst ermordeten sie den alten Mann, dann schnitten sie der Frau den
Hals ab und schlachteten die sechs kleinen Kinder eines nach dem andern.
Reichelmann gelang es nach Wassilkow zu flüchten, wo er Hülfe suchte.
Er kam bald mit einer Abtheilung Soldaten zurück, fand aber nur die
Leichen seiner Angehörigen, das Haus ausgeleert und Vorbereitungen
getroffen, um es niederzubrennen. Die Räuber wurden gepackt und nach
Wassilkow gebracht, wo sie dem Vernehmen nach vor das Kriegsgericht
gestellt werden sollen. Derartige Verbrechen wurden sowohl in der ganzen
hiesigen Gegend, als weiter oben in Skopetz, Maskowskje und Waytowsje
und Pultawa verübt.

Die Juden von Kiew, Elisabethgrad und Odessa wissen so wenig
von dem, was hier vorging, daß die Geschädigten nicht einen Kopeken
Unterstützung erhalten haben.

XI.

Tripolje am Dniepr, 18. August 1881.

. . . .

Die Städte am Dniepr sind lebhafte Geschäftsplätze, die Kornkammern
des umliegenden Landes und Entrepots der benachbarten Distrikte. Die
Juden sind die Seele des Distrikts und seines Handels. Sie finden sich
in den Städten Cherson und Nikopol, Jekaterinoslaw und Krementschug,
Tscherkassy und Perejaslaw, von den kleineren Städten, wie Berislaw
und Gregorjewsk, Petrowskoi und Romanowka, Perchodnjiprosk und
Kanewa zu geschweigen, in großer Zahl und widmen sich allen Berufsarten.

Eine Tour den Dniepr hinauf hielt ich für unerläßlich, um meinen
Ueberblick zu vervollständigen.

Ich ging von Kischineff aus und befinde mich jetzt drei Stunden
von Kiew, so daß ich die Gegend, in welcher bis jetzt die Hauptunruhen
herrschten, umwandert habe. Alle Städte längs des Dniepr, eine Strecke
von 600 engl. Meilen, sind Schauplatz der Angriffe gegen die Juden

gewesen. Es war mir daher nicht leicht, meine Erkundigungen einzuziehen.

Um mit Kischineff, der Hauptstadt von Bessarabien, zu beginnen, so mögen in dieser äußerst schmutzigen Stadt an einem Arm des Dniester etwa 20,000 Juden wohnen. Sie haben eine große Synagoge und eine blühende Handwerkerschule, worin Zimmerleute, Schmiede, Maschinisten und Möbelschreiner herangebildet werden. Die Juden litten hier nicht so sehr, weil die Banditen die Rechnung ohne den Wirth machten. Die Kischineffer Juden sind ein brünetter Menschenschlag, ganz verschieden von ihren blonden Glaubensgenossen in ganz Südrußland. Sie fürchten sich nicht vor einer tüchtigen Rauferei selbst mit der Grenzwache, sondern sind entschlossene, kräftige Männer. Die jüdischen Metzger sind sogar sprüchwörtlich. Als der Lärm anfing, bewaffneten sich zweihundert dieser starkgebauten schwarzen Juden mit Aexten, Fleischerbeilen und Hackmessern, marschirten auf den Marktplatz, wo der Pöbel die Juden und ihre Magazine anzugreifen begonnen hatte, und hatten in zwanzig Minuten einige dreißig niedergehauen, wovon zwanzig sofort todt blieben. Daraufhin nahmen die Banditen Reißaus, und so dauerte die ganze Affaire nur drei Stunden.

Auf der anderen Seite des Dniester fanden die Aufrührer keinen solchen Widerstand. Von Ananiew habe ich bereits berichtet. Am Meisten litt Balta, ein sehr kleiner Ort, wo höchstens 3—400 Juden wohnen. Die Juden wurden in den Straßen gesteinigt, manche bis zur Bewußtlosigkeit, die Frauen gepeitscht und mißbraucht. Die Häuser wurden geplündert und dann angezündet. Ein Paar Beispiele mögen zeigen, wie hier gehaust wurde. Die Banditen drangen in ein Haus, wo der Vater im Sterben war und zwei Söhne am Nervenfieber darniederlagen; die Frau pflegte Mann und Kinder. Unbeirrt wurde geplündert und zerschlagen, der Sterbende — er hieß Goravicz — und seine bewußtlosen Söhne auf den Boden geworfen, um die Bettstellen, auf denen sie lagen, zu zertrümmern. Ich habe die unglückliche Wittwe — denn der Mann starb sehr bald — gesehen und gesprochen; den Eindruck zu schildern, den ihre einfache Erzählung auf mich machte, fehlen mir die Worte. Schändungen sind so gewöhnlich geworden, daß es eintönig würde, sie stets zu erwähnen. Aber einen Fall, der im Distrikt Ananiew vorkam, kann ich doch nicht unerwähnt lassen. Die Schönheit der südrussischen Jüdinnen ist sprüchwörtlich. Nun wohnt in der Nähe von Berezowka ein Jude Namens N . . . . (den vollen Namen will ich nicht mittheilen), dessen Tochter von 18 Jahren durch das ganze Gouvernement wegen ihrer Schönheit und Anmuth berühmt war. Kaum war der Pöbel in ihres Vaters Haus gedrungen, als das unglückliche Mädchen in die offene Straße geschleppt und dort in Gegenwart einer Menge von Zuschauern von einem **Offizier** entehrt wurde.

Dies ist nur ein Beispiel unter Hunderten. Die Wuth des Pöbels in der Gegend scheint unbeschreiblich gewesen zu sein. Darunter waren

Weiber, eben so betrunken wie „Muschik" und seine Führer. Sechs, sieben, acht Jahre alte Kinder wurden zum Fortschleppen von ihren Eltern mitgebracht, dabei mit Schnaps traktirt, bis sie trunken in die Gossen fielen. Selbst der sonst allmächtige Pope war machtlos. Ein solcher kam und sagte, es existire kein Ukas gegen die Juden. „Er ist bestochen", rief das Volk, „die Juden haben ihn mit dreißig Rubeln erkauft." In einem andern Fall wurde ein Kosakenoffizier, der die Steinigung eines armen Juden verhindern wollte, von einem ungeheuren Haufen Strolche angefallen, die riefen: „Das ist ein Judensprosse, das ist kein Christ", und der Offizier wurde vom Pferde gerissen, zu Boden geworfen und bedenklich verletzt. Es ist natürlich, daß unter solchen Umständen auch die den Juden günstig Gesinnten ihr Leben nicht durch Einschreiten gegen die besoffenen Unmenschen aufs Spiel setzen wollten. Wie besoffen dieselben waren, mag Folgendes zeigen. In Berezowka nahmen sie, nachdem sie zur Genüge gesoffen hatten, Faß auf Faß von Wudki und Schnaps, und gossen den Inhalt auf Düngerhaufen, so daß er in die Rinnsteine (die in Rußland die Kanäle vertreten!) floß. Andere Lärmmacher kamen herbei, betrunken und schmutzig, und doch noch durstig, und knieten nieder, um, trotzdem sie sahen, woher und wo der Schnaps floß, ihren Kopf in die Rinnsteine zu tauchen und ihren geliebten Wudki sammt Gassenschmutz einzuschlürfen.

Die Feindseligkeit der Bauern gegen die Juden in Bessarabien konnte durch das Benehmen des dortigen Kirchenfürsten nicht gemildert werden. Der Generalprokurator des sog. heiligen Synod der orthodoxen Kirche hatte ein offizielles Rundschreiben an Bischöfe und Priester gerichtet, daß sie das Volk von Gewaltthätigkeiten gegen die Juden abmahnen und die feindselige Stimmung gegen dieselben dämpfen sollten. Erzbischof Theodor von Kischineff antwortete dem Synod durch eine lange bigotte Denkschrift über die Judenfrage im Allgemeinen, über den verderblichen Einfluß der Juden in wirthschaftlicher und moralischer Beziehung, worin er zum Schluß sagte, es sei unmöglich, ohne das Vertrauen der Massen zu den Aeußerungen der Kirche zu erschüttern, etwas zu Gunsten der Juden zu thun, auch dürfe man aus religiösen Gründen nicht einschreiten. Mit anderen Worten, derartige brutale Verfolgungen würden die Juden zur Taufe bringen. . . . .

Während meiner Fahrt von Balta nach Tschorna, auf dem Wege nach Kischineff, gewährte mir ein Zufall abermals einen Einblick in die russische Justiz, namentlich insoweit es die Behandlung von Gefangenen in abgelegenen Winkeln Südrußlands betrifft. Ich passirte einen Zug, wie er den Reisenden in den entfernteren Provinzen nichts Ungewöhnliches ist. Eine Abtheilung Kosaken, zehn Mann und ein Unteroffizier, brachte fünf Gefangene nach einer Nachbarstadt, vermuthlich Bender. Vorn kamen zwei Kosaken in ihren grauen Röcken auf ihren kleinen Ukraine-Pferden, die Lanze in der Hand; dann der erste Gefangene, ein junger Mann, die linke Hand an das linke Bein gefesselt; dann wieder zwei Kosaken, dann wieder ein Gefangener und so abwechselnd. Alle Gefangenen waren gleich gekleidet in braungraue schwere Ueberröcke, hohe Stiefel und flache Kappen. Einer von den Fünfen war ein alter Mann mit langem grauem Haar, kaum im Stande sich fortzuschleppen, ich weiß nicht ob aus Schwäche oder aus Krankheit. Von Zeit zu Zeit erhielt er zur Aufmunterung von einem seiner Wächter einen Lanzenstich in den Rücken; stöhnend raffte sich dann der Greis zu weiterem Fortschleichen auf. Als ich den Zug ein Paar hundert Schritte passirt hatte, machte mich mein Kutscher aufmerksam, was nun hinter mir vorging. Der Unteroffizier gab dem alten Mann Hiebe mit seiner Knute, der Gefangene schien sich nicht mehr fortbringen zu können, denn Peitschenhiebe und Flüche blieben erfolglos. Nun ritt ein Kosak mit voller Wucht wider ihn, die Lanze ihm in den Körper treibend, aber anstatt vorwärts zu gehen, fiel der Arme zu Boden gleich einem Stein. Was that der Kosak? Er stieg ab, band die Hände des bewußtlos gewordenen Gefangenen zusammen, ließ ein Paar Ellen des Strickes lose hängen und band es am Sattel fest. Dann saß er wieder auf, und der Zug ging vorwärts. Und so sah ich ihn denn einbiegen und weiter gehen in einer Schnelligkeit von 8 (engl.) Meilen in der Stunde, die Gefangenen trabten, so rasch sie konnten, unter dem Klirren ihrer Ketten, und des alten Mannes Körper wurde hinter dem Kosakenpferd über den harten sonnverbrannten Weg geschleift, wider jede Erhöhung schlagend und von jedem Stein zerschmettert; wie ich hoffe, war er todt und gefühllos.

XII.

Tripolje, 15. August 1881.

Von Kischineff nach Odessa dauert die Eisenbahnfahrt mit russischer Langsamkeit zehn volle Stunden, mit einem längeren Aufenthalt in Rasdelnaja. Wir erreichten Odessa zufällig noch zeitig genug, um das Paketboot nach Cherson benutzen zu können. Neun Stunden fuhren wir die langweilige Küste des Schwarzen Meeres entlang. Endlich langten wir im Hafen an. Jüdische Lastträger rennen auf und nieder, mit Weizensäcken beladen, ziehen an Seilen oder schleppen Eisenstangen. Am Lande sahen wir eine Menge jüdischer Kutscher. Auch die Läden in der Stadt werden von Juden gehalten. Unter den 25,000 Einwohnern mögen 6—7000 Juden sein, nur wenige davon sind reich, die meisten gehören der Mittelklasse an, sehr viele sind sehr arm. Einer von diesen Letzteren sagte zu mir: „Wir sind schlimmer dran als das Vieh; dies wird gefüttert, um uns kümmert sich Niemand." Diese Leute verbergen sich, um ihr Elend nicht zu zeigen. Der Oberrabbiner Dr. Pesker ist, wie die meisten Rabbiner, die ich in Südrußland getroffen habe, ein sehr gebildeter und aufgeklärter Mann.

Cherson ist eine sehr einförmige Stadt mit engen Straßen und kleinen schmutzigen Häusern. Der Markt ist ein mächtiges Quadrat, voller Furchen und Gossen, mit Steinhaufen an den Ecken — vermuthlich um beim Eintritt des tausendjährigen Reiches Pflaster herzustellen; vorn ist ein vier Stock hoher viereckiger Thurm, auf dessen Spitze eine Schildwache fortwährend mit aufgepflanztem Bajonet auf und ab geht, um etwaige Brände zu verkünden. Bei Tag geht Niemand der Hitze wegen, bei Nacht der Dunkelheit wegen aus, da die Gaslampen sehr wenig zahlreich sind. Andererseits sind die Theehäuser, namentlich auf und um den Marktplatz, voll von ächten Altrussen. Diese Häuser werden nicht von Juden gehalten und dürfen Schnaps und Bier schenken; da „Muschik" und seine Freunde Thee mit Bier, Salzgurken, Hausenblase und Wudki als Begleitung am Liebsten haben, außerdem Orgel- und zahllose Marktweiber, dort vorsprechen, so geht es darin recht lebhaft zu. Darin findet die Regierung Nichts; denn es ist ja nicht der Jude, der den Schnaps verkauft. . . . .

Ueberall in Süd-Rußland findet man „Karäer", Juden, die ursprünglich aus der Krim kamen. Sie erkennen bekanntlich den Talmud nicht an, sondern halten sich streng an die Bibel, und vermischen sich mit den anderen Juden nicht. Eigenthümlicherweise wird dieser Unterschied auch im Volke sorgfältig festgehalten. Der Karäer wird niemals Hebräer oder Jude genannt. Er ist nie Gegenstand des Hasses oder Abscheus bei den Massen gewesen, und in all' den Unruhen in Süd-Rußland ist keinem einzigen Karäer ein Leid zugefügt worden. Andererseits scheint ihr Benehmen gegen ihre unglücklichen Brüder nicht von brüderlichen Gefühlen beeinflußt gewesen zu sein. . . . .
. . . .

XIII.

Tripolje, 21. August 1881.

Um nicht über die Unruhen stets Gesagtes zu wiederholen, will ich mich in Bezug auf die Städte am Dniepr auf einen Ueberblick beschränken.

In Cherson war die Sache nicht sehr bedeutend. Ein Paar Juden wurden geschlagen, ein Bischen geplündert, in allen Wohnungen von Juden Fenster und Thüren zertrümmert, und die Buden auf dem Marktplatz ausgeleert. Aber die Angst und Furcht ist nicht zu unterschätzen. Vier Wochen lebten die Juden in beständiger Angst vor dem Morgen. Kein jüdischer Familienvater kleidete sich des Nachts aus. Jeden Tag kamen neue Berichte von Unthaten aus dem Gouvernement Cherson. Morde in Berezowka, Entehrungen in Ananiew, Feuer in Balta, Verwüstung überall. Das Resultat war völliger Stillstand aller Geschäfte, und ein enormer Verlust an den Waaren und am Vermögen. Die Folgen der Verfolgungen und Anschulbigungen gegen die Juden machen sich in den Distrikten von Cherson in eigenthümlicher Weise bemerklich. Geldleihen und Wucher sind so oft als Grund des Hasses angegeben worden, daß die Juden unter keinen Umständen russischen Pächtern, Eigenthümern oder Bauern Geld leihen wollen. Diese müssen sich an die russischen Kaufleute wenden, welche ihnen die künftige Ernte zu 70 Kopeken per Pud abkaufen und noch 10 % für die Gefälligkeit abziehen. Christlicher Wucher ist eben erlaubt. Natürlich sind die Landeigenthümer über die Behandlung ihrer Glaubensgenossen nicht erbaut, und die Juden ziehen von ihrem Verhalten durchaus keinen Vortheil. Dies möge eine Geschichte beweisen, die Herr B., ein angesehener jüdischer Kaufmann von Cherson, mir erzählte. Einer der Honoratioren besuchte ihn einige Tage vorher und bat um einen Vorschuß von zehntausend Rubeln auf die stehende Ernte, da das Geld für das Einbringen derselben dringend nöthig sei. Herr B. lehnte bedauernd ab. „Wir werden wucherischen Gebahrens bezichtigt", sagte er „und sind entschlossen, um dies zu vermeiden, keine Vorschüsse mehr zu machen." Vergeblich wies der Borger auf die Dringlichkeit hin, betonend, daß er den Russen doppelt so viel zahlen müßte. Der Jude blieb fest. Seine Faust gegen Herrn B. schüttelnd, rannte der Landeigenthümer fort, indem er sagte: „Ihr Juden meint wohl, Ihr wäret besser daran, wenn Ihr kein Geld verleiht? Ihr irrt Euch. Wenn wir die Hälfte unseres Nutzens verlieren müssen, so werden wir bei guter Gelegenheit nicht vergessen, wem wir das verdanken!" Und sicherlich wird man sich dessen gegen sie erinnern.

Aus einer längeren Unterredung mit obengenanntem Herrn B. will ich einige treffende Aeußerungen desselben mittheilen. „In jedem Land brauchen zum Herbst die Landleute Geld zum Ernten. Derartige Vorschüsse sind das Hauptgeschäft von Provinzialbanken. Hier in den russischen Provinzen existiren solche Banken fast nicht. Zu wem kann der Landmann gehen? Zu dem Makler oder Kaufmann, der seinen Weizen kauft. Dies sind hier herum hauptsächlich Juden, aber es sind auch viele Christen darunter. Warum borgt nun der Landmann von dem Juden? Weil wir mit den Christen konkurriren und bessere Bedingungen gewähren müssen; weil ferner wir gezwungen sind hier zu leben, während der Christ überall wohnen darf, und uns selbst scharfe Konkurrenz machen, um es zu etwas zu bringen; weil sodann wir nicht Trinken und Spielen, deßhalb mehr sparen und billiger ausleihen können. Aus diesen Gründen gibt der Landmann uns den Vorzug. Man spricht so viel von unserer Geldgier. Wessen Schuld ist es, daß die Juden nach Geld streben, als die des Gesetzes, welches eine Prämie aufs Verdienen setzt und bestimmt, daß ein Kaufmann erster Gilde, der 800 Rubel jährlich zahlt, alle Privilegien genießt und überall wohnen darf, während die nicht so Gesegneten an der Scholle kleben müssen? Müssen wir nicht Tag und Nacht an den Rubel denken, wenn der Rubel, wie er auch erworben sei, uns zu vollständigen Bürgern macht, während die ehrenhafte Armuth von Stadt zu Stadt

gejagt wird, bis vielleicht ein Paar dieser Rubel der Jagd für einige
Zeit ein Ziel setzen! Das Gesetz macht unsere Privilegien abhängig von
unserer Fähigkeit, eine gewisse Summe Geldes zusammenzubringen und zu
bezahlen, und, abgesehen vom Gesetz, wird unsere Lage erträglich nach
Verhältniß des Betrags, den wir dem Tschinownik spenden. Ist da nicht
die Regierung, welche befiehlt, daß Geld für den Juden Alles verrichte,
verantwortlich für die Bedeutung und den Werth, den er dem Gelde bei=
legt?" — Ich habe Nichts hinzuzufügen.

Jekaterinoslaw, die nächste bedeutende Stadt am Dniepr, ist 3 Tage=
reisen von Cherson entfernt. Wir verließen Cherson um Mitternacht, um
mit dem Dampfer nach Nikopol zu fahren. Der erste Halteplatz ist
Berislaw, ein unbedeutendes Dorf, nur bemerkenswerth wegen der gegen
die Juden verübten Greuel. Hier und in der Nachbarschaft wurde
gemordet, geschändet und geplündert. Einem armen Mann, der etwas
abseits wohnte, wurde der Kopf mit einer Axt gespalten und das Haus
angezündet. Ein Schenkwirth auf der anderen Seite des Flusses wurde
zu Tode geröstet. Sein Haus wurde ihm über dem Kopf angesteckt, wo=
bei der Inhalt seiner Branntweinfässer zur Vergrößerung der Flammen
verwandt wurde, die Haus, Besitzer und Alles verzehrten. In Bezug auf
Schändungen und Exzesse kam das kleine Berislaw mancher seiner größeren
Schwestern gleich.

Weiter oben liegt Gregoriewk. Auch hier wurden die wenigen an
und um den Platz lebenden Juden fürchterlich mißhandelt. Ein unglück=
licher Schenkwirth in der Nähe, Namens Reiffmann, wurde von einer
Bande, die sich erst bei ihm betrank, gezwungen, Bier und Wudki hinunter=
zuschütten, bis er gänzlich betrunken war. Dann steckten sie ihn in ein
Spiritusfaß und rollten es in den Fluß. Erst nach drei Wochen wurde
die Leiche mehr als 20 Meilen unterhalb gefunden. . . . .

Nikopol erreichten wir früh Nachmittags. Es hat 5000 Einwohner,
darunter vielleicht 300 jüdische Familien. In diesem elenden Nest dauerten
die Unruhen auf dem Markt drei Tage, verbunden mit den üblichen An=
griffen auf Männer und Frauen. Während eines ganzen Monats waren
die Juden gleichsam im Belagerungszustand. Keiner wagte seinen Laden
zu öffnen, Keiner getraute sich auf die Straße. Hier erscholl der Ruf:
„Nun wir die Juden beraubt haben, ist es Zeit, sie umzubringen."
Bei den Unruhen, die in Zwischenräumen während eines ganzen Monats
ausbrachen, wurden zwanzig Juden verwundet und acht schwer ver=
letzt. Einer der Lärmmacher wurde gleichfalls tödtlich verletzt. Die
hiesigen Juden sind sehr arm, nnd ihre Verluste haben die Gemeinde auf
Jahre hinaus ruinirt. Während meines Aufenthalts in Nikopol von
Nachmittags bis zum anderen Morgen 6 Uhr hatte ich Gelegenheit, mich
von dem entsetzlichen Elend, dem herrschenden Hunger zu überzeugen.
Vier Stunden lang suchte ich herum nach einem Hotel oder Restaurant.
Vergeblich fragte ich überall, wo man etwas zu essen bekommen könnte.
Um 8 Uhr Abends sah ich mich genöthigt, meinen knurrenden Magen mit

Kirschen zu besänftigen, die ich mit Thee hinunterspülte; denn ein Theehaus fand ich endlich. Ich aß ein Pfund Kirschen und trank dazu drei Kannen Thee, eine Mahlzeit, die für den geringen Preis — 20 Kopeken für die Kirschen, 30 Kopeken für den Thee — mich allerdings gehörig anfüllte.

. . . .

Um 6 Uhr Morgens von Nikopol abreisend, erreichten wir mit einem kleineren flacheren Dampfer Alexandrowsk um 2 Uhr Nachmittags. Von da nach Jekaterinoslaw via Sinelnikow ist es nur 5 Stunden. Unterwegs passiren wir Dutzende von Plätzen, die wegen ihrer Judenhetzen berüchtigt wurden, und befinden uns in der Nähe von Dutzenden anderer Städte und Dörfer, in denen schmachvolle Thaten gegen jüdische Männer, Frauen und hülflose Kinder verübt worden sind. Petrowkoi, Tschumaki, Kantzeropol, Michailowka, zu geschweigen von Städten weiter oben, wie Nowomoskowsk und Pawlowgrad, haben ihr Theil geleistet. In Petrowkoi wurde eine ganze Familie umgebracht. In Kantzeropol wurde ein Jude, Namens Enmann, und seine Frau auf die allerbarbarischste Weise zugerichtet. In Michailowka wurde ein armer jüdischer Fuhrmann auf dem Wege angehalten und tobtgeschlagen, in Poltawa ein Schenkwirth mit seiner Frau in ihrem Hause verbrannt. In Pawlowgrad und Sinelnikow waren Ausbrüche, von denen man wußte, daß sie in Jekaterinoslaw organisirt waren, und deren Haupttheilnehmer von der Polizei während ihrer Reise von Kharkow und Pultawa überwacht wurden, von welchen Städten die größten Schufte nach dem Süden geschickt wurden, um die Hetze zu betreiben und zu fördern.

Jekaterinoslaw bietet von der Ferne einen äußerst malerischen Anblick, bei näherer Besichtigung ist es im Ganzen nichts als die übliche Verbindung von Schmutz und Sand, hölzernen Hütten und anspruchsvollen Häusern. Die bedeutenderen Straßen sind ziemlich rein und drei sogar gepflastert. Es existirt auch ein Boulevard, $1\frac{1}{2}$ engl. Meile lang; zur Seite hat er aber eine Gosse von 10 Fuß Breite und 12 Fuß Tiefe, die dem Fremden manchen ungewohnten Anblick bietet. Die Juden, etwa 15,000 an der Zahl, gehören der besser situirten Klasse an. Nach der Stille der Stadt am Samstag, der Menge auf dem Boulevard, und dem Umstand, daß das Theater hauptsächlich jüdische Stücke in jüdisch-deutscher und russischer Sprache gibt, zu urtheilen, scheint das jüdische Element dort Einfluß zu haben. Es ging ihnen auch leidlich während der Unruhen. Einige Menschenleben wurden geopfert, einiges Eigenthum in der Nähe zerstört; aber im Ganzen lief es erträglich ab, und zwar Dank dem vernünftigen Vorgehen des Stadtraths, und namentlich des Mitglieds Wokatschoff. Als dumpfe Gerüchte umliefen, wurde sofort eine Sitzung einberufen. Wokatschoff beantragte folgende Resolution, welche die Juden in dankbarer Erinnerung halten sollten: „Daß die

Juden gleich anderen Sekten ein integrirender Theil des russischen Volkes sind; daß ihr Besitz nicht als blos und ausschließlich ihr Eigenthum, sondern als Theil des Nationalreichthums zu betrachten ist; daß eine Beschädigung jüdischen Eigenthums eine Schädigung des Staates ist; daß die Zerstörung ihres Eigenthums sie außer Stande setzen würde, ihre Schulden an die Banken, ihre Steuern an die Behörden zu bezahlen, und so den Staat und den Handel schädigen und zu einer Zeit, wo der Handel leiden müßte, ihre Mitbürger doppelt belasten würde." Die einflußreichsten Bürger sollten es übernehmen, das niedere Volk über diese Punkte aufzuklären, und der Gouverneur und die Spitzen der Geistlichkeit um Mithülfe ersucht werden. Die Duma nahm die Resolution einstimmig an. Und Dank dieser Bewegung, Dank insbesondere Herrn Wokatschoff, blieben die Juden verhältnißmäßig verschont.

Nicht so glücklich waren sie in den Städten zwischen Jekaterinoslaw und Krementschug, eine Tagereise entfernt. Romanowka, Verchodnieprowsk, Kaluslina, Krinko und Kobijalik waren der Schauplatz mehr oder weniger heftiger Ausbrüche, wobei stets Leben verloren gingen und mehrfach Frauen bestialisch mißhandelt wurden. In Kobijalik wurde dem Oberrabbiner aufgelauert, und er beinahe umgebracht; man hielt ihn für todt, sonst würde er nicht davon gekommen sein. In der Nähe von Romanowka wurden drei Frauen geschändet. Um Verchodnieprowsk herum wurden fünf Personen verbrannt. Und außerhalb Krementschug wurden mindestens zwei Juden ermordet, und die üblichen Unmenschlichkeiten vom Pöbel verübt. So auch weiter den Dniepr hinauf in Nowogeorgiewsk, Tscherkassi, Prochorowke und Kanew, wo die Juden in den einsamen Plätzen gleichfalls der Spielball der Banditen wurden. Nirgends vielleicht wurden sie aber unmenschlicher mißhandelt, als in Perejaslaw, und der Ausbruch erfolgte dort unter so eigenthümlichen Verhältnissen, daß ein ausführlicherer Bericht nicht uninteressant sein dürfte.

XIV.

Tripolje, 21. August 1881.

Die Unruhen in Perejaslaw wurden ganz bühnengerecht ausgeführt. Sie enthielten Prolog, Drama und Epilog. Vorwand wurde nicht gesucht; das Ganze zeigte sich offen als Geschäft und nicht als Judenhaß, denn es ging nicht von Fremden aus, welche die Umgegend aufwiegelten, wie überall sonst, sondern von den Bürgern selbst. Die ersten Kaufleute hetzten die Arbeiter auf, ihre Söhne und Freunde waren die Anführer. Muschik ließ sich durch Bestechung und Lügen zur "Katzenpfote" gebrauchen und leidet jetzt selbst am Meisten, da die Geschäftsleute nach Wegschaffung der jüdischen Konkurrenz die Preise ihrer Waaren gehörig hinaufgesetzt haben.

Perejaslaw hat höchstens 5—6000 Einwohner, darunter 3—4000 Juden. In den Dörfern und Weilern leben noch hunderte. Nach den Unruhen in Kiew flohen zahlreiche Juden nach Perejaslaw, woselbst die ansässigen von ihren Konkurrenten bereits genug gehaßt wurden. Der Zufluß vergrößerte den Haß. Die Bürger hielten eine Versammlung und richteten ein Schreiben an den Gouverneur, worin sie ihre Forderungen in Betreff der Juden aufstellten. Es wurde keine Notiz hiervon genommen, was die Lage nicht verbesserte. Am 7. Juli bahnte ein kleiner Streit den Weg für die späteren Unruhen. Eine Anzahl von Arbeitern trank in einer Schenke, die einem Juden Kanower gehörte. Einer derselben insultirte den Wirth und wurde an die Luft gesetzt. Dies gab einen Lärm, Flaschen und Gläser wurden zerbrochen u. s. w. Die Lärmmacher wurden arretirt und zu siebentägigem Gefängniß verurtheilt. Als an anderer Stelle Gleiches sich ereignete, brach das glimmende Feuer los, einstweilen noch nicht gegen die Juden. Ein Pöbelhaufen von mehreren hunderten zog vor das Gefängniß und verlangte Freigabe der Gefangenen; die Menge wurde jedoch bald durch Polizei und Kosaken zerstreut. Dies konnte die Stimmung nicht beruhigen. Die Bürger berathschlagten, ein Gerücht zur Diskreditirung der Behörde wurde durch einen der angesehensten Leute geflissentlich verbreitet: die Polizei sollte von den Juden bestochen worden sein. Die Folge war, daß die Erbitterung gegen Polizei und Juden gleich stark wurde, und am 11. v. M. brach der Aufstand los.

Es war einer der vielen Heiligentage des griechischen Kalenders, auf dem Marktplatz wurde Gottesdienst gehalten, die Stadt war voll, etwa dreihundert junge Leute, Söhne von Geschäftsleuten, waren versammelt, der Unterchef der Polizei war gleichfalls anwesend. Plötzlich schimpfte einer der jungen Leute, Namens Zabagay, den Offizier, worauf dieser ohne eine Wort Jenen niederritt und ihm einen Schlag mit der Peitsche gab. Obgleich wüthend vor Schmerz, wagte doch Zabagay keinen Groll gegen den Offizier zu zeigen, nahm aber einen kolossalen Holzblock, stürzte nach dem Magazin des Juden Kanower gerade gegenüber und schleuderte ihn in das Fenster. Das war das Signal zum Losschlagen. Wie ein Mann warf sich der Pöbel, geführt von den jungen Stadtherren, auf Juden und Judenhäuser. Fünfzehn Stunden lang wurde zerstört, geplündert, gemordet, geschändet, verbrannt. Diese Zeit genügte, alles jüdische Eigenthum zu zerstören, jeden Juden zu ruiniren. Die Lehren der anderwärts vorgekommenen Unruhen waren indeß nicht an den Juden vorübergegangen; sie waren mit Revolvern bewaffnet und gebrauchten sie zuweilen. Etwa 35 Unruhstifter wurden verwundet, aber keiner tödtlich. Von den Juden wurden 10 schwer, darunter 3 tödtlich verletzt, und mehr als 200 verwundet. Die Unruhen begannen um 6 Uhr Abends und dauerten bis 12 Uhr am anderen Tag, als eine Salve, welche drei der Banditen niederstreckte, der Sache ein Ende machte. Aber die Unruhen verbreiteten sich rasch weiter. Zwischen dem 12. und 14. Juli hatte jedes Dorf 30 Werst in der Runde seine Judenhetze. Die Behörden waren

Anfangs machtlos. Die Exzesse gegen Männer und die Schändungen von Frauen waren zahlreicher als je. Erst am 14. Juli, als der Gouverneur aus Krementschug ankam, wurden die Unruhen unterdrückt, aber nicht ehe mehrere Juden mit ihrem Leben die Kühnheit sich zu vertheidigen bezahlt hatten, und mehr als 30 Bauern von russischen Kugeln gefallen waren. Der Gouverneur fand, daß die Juden selbst an dem Vorkommniß schuld wären, insofern sie nicht die Forderungen der Bürger zugestanden hätten, worunter auch die war, daß alle Juden, welche nicht zum Aufenthalt berechtigt seien, ausgewiesen werden sollten. Um seiner Ansicht über das schlechte Betragen der Juden Ausdruck zu geben, ließ er mehr als 30 derselben mit 40 der Räuber einsperren! ....

Das Schriftstück der Bürger von Perejaslaw ist eines der merkwürdigsten, die ich noch gesehen. Die darin aufgestellten Forderungen zeigen die Bescheidenheit der Leute und zugleich die Motive ihrer Feindseligkeit gegen die Juden. Es sind ein Dutzend: 1) Die Juden sollen ihre Sitze im Stadtrath und in der Gemeindevertretung niederlegen und auf ihr Recht, derartige Stellen oder wichtigere Posten in Banken oder Behörden zu bekleiden, verzichten. 2) Die Juden sollen sich und ihre Familien nicht in Seide, Atlas oder Sammet kleiden, sondern einfache Kleidung tragen, wie es einer niedrigeren und verworfenen Klasse zukommt. 3) Die Juden dürfen weder christliche Dienstboten noch Gehülfen halten. 4) Alle fremden Juden sind auszuweisen. 5) Alle Schenk-, Wein- und andere Wirthschaften sollen von der Regierung geschlossen werden. 6) Die Juden sollen sich verpflichten, die christliche Religion und die Christen nicht zu beleidigen oder zu verspotten. 7) Die Juden sollen nicht in Lebensmitteln, Getreide u. dgl. handeln dürfen. 8) Maßregeln sollen getroffen werden, um die Juden, welche Branntwein und Wudki im Großen verkaufen, an deren Verfälschung zu verhindern. 9) Die Juden sollen die christliche Religion achten. 10) Die Juden sollen keinen Weizen innerhalb 30 Werst von Perejaslaw kaufen dürfen. 11) Die Juden sollen keine stehende Ernte von Weizen oder Roggen kaufen dürfen. 12) Die Juden sollen niemals den Marktzoll pachten dürfen. — Dies waren die mäßigen Forderungen, welche die Juden freiwillig zugestehen sollten. Die Juden bilden die Majorität in Perejaslaw und sollen freiwillig auf jede Mitwirkung in der Verwaltung einer Stadt verzichten, wo sie nicht allein in der Mehrheit sind, sondern auch außer der Judensteuer mehr Steuern zahlen als die Christen! ... Ein Lokalcomité wurde vom Gouverneur von Pultawa gebildet, um bessere Beziehungen zwischen Juden und Christen herzustellen, und die Juden unterbreiteten demselben, sowie dem Gouverneur des Gouvernements, eine ausführliche Erwiderung. . . . .

Das kleine Dorf Borispol ist nur wenige Werst von Perejaslaw entfernt. Dies ist bis jetzt der letzte Ort, wo die Juden mißhandelt wurden, wenigstens soweit mir bekannt. Ich habe mich deßhalb unter großen Mühseligkeiten selbst dorthin begeben. Die Paar Dutzend jüdische Familien, die da wohnen, waren so arm, daß man hätte glauben sollen, sie würden der Plünderung und Mißhandlung entgehen. Gerade umgekehrt war es der Fall. Sogleich nach den Unruhen in Perejaslaw verbreitete sich das Gerücht, in Borispol würden die Juden umgebracht werden. Eine Woche verstrich, ohne daß etwas passirte; die Juden begannen aufzuathmen. Plötzlich, in der Nacht des 21. Juli, brach in dem Hause eines Juden Feuer aus. Es war angelegt, denn binnen einer Stunde brannten zehn jüdische Häuser, und innerhalb weniger Stunden war das ganze Juden=quartier niedergebrannt, die armen Bewohner heimathlos und total ruinirt. Nun glaubten sie wenigstens anderen Schreckensthaten entgangen zu sein. Am 23. kam eine Abtheilung Kosaken, um die Juden zu beschützen, und das Eigenthum derjenigen, welche außerhalb des Judenquartiers wohnten, blieb unberührt. Mit jenen kam der „Isprawnjik" von Krementschug. Am anderen Tag versammelte sich der Stadtrath, die Duma, welcher der Isprawnjik beiwohnte. Er bewies den Anwesenden die Schändlichkeit der Angriffe auf die Juden und deren Ungesetzlichkeit und wies auf die Strafen hin, welche die Rebellen treffen würde; aber so gering war sein Erfolg, daß alsbald verschiedene Mitglieder des Gemeinderaths, Geschäfts=leute und Bauern in Masse gegen die Juden losgingen und die noch übrigen Häuser und Läden angriffen, so daß Abends an keinem jüdischen Hause noch ein Brett ganz war. Axt und Feuer hatten das Zerstörungs=werk vollendet. Jetzt erscholl der Ruf: „Nun müssen wir die Juden massakriren." Es erfolgten die skandalösesten Szenen. Hierhin und dorthin rannte eine hülflose Menge jüdischer Männer, Frauen und Kinder, um sich vor Gewalt zu schützen. Hinter ihnen her stürzte ein Pöbel in dem wahnwitzigsten Stadium der Trunkenheit mit Aexten, Beilen und Messern aller Art. Vergebens ritten Polizei, Kosaken oder Isprawnjik in die Menge. Sie war zu sinnlos betrunken, um sich vor irgend etwas zu fürchten, die Polizei wurde mit Steinen beworfen, niedergerissen und mit Füßen ge=treten, die Kosaken von den Pferden gerissen und entwaffnet, ihr Offizier in den Rücken gestochen und am Boden festgehalten von einem Haufen, der schrie, man solle den Judenfreund ohne Weiteres umbringen. Soldaten drohten Feuer zu geben, der Pöbel lachte. Sie feuerten über die Köpfe der Rebellen, der Pöbel verhöhnte die Truppen, die ohne Befehl nicht weiter zu gehen wagten. Und inzwischen rannten verheirathete und ledige Weiber, ebenso trunken wie die Männer, zum Theil mit kleinen Kindern herum und trieben die Männer zu jeder Art von Brutalität an. Jüdische Frauenzimmer, zitternd und voll Angst, wurden von russischen Müttern und Gattinnen festgehalten, daß die Männer sie vor ihren Augen schänden konnten! Und mancher Unglückliche, der hätte entwischen können, wurde von Schaaren von Weibern fürchterlich geschlagen oder angehalten, bis die Männer kamen. Der Isprawnjik sah bald, daß nur strenge Maß=regeln den bestialischen Grenelthaten ein Ziel setzen könnten. Jetzt kamen Befehle. Die Soldaten patrouillirten die Straßen ab, und diesmal wurde ohne Mitleid unter die besoffenen Mörder gefeuert. Fünfmal wurde eine Salve ab=gegeben, zwei Männer blieben sofort todt, acht wurden tödtlich verwundet, und ehe die Unruhen zu Ende waren, beinahe 40 ernstlich verletzt. Im Ganzen müssen über 20 Banditen in Borispol getödtet worden sein. Aber die Juden sind ruinirt, so ruinirt, daß viele von ihnen kein Brod haben. Sie wissen nicht, was sie thun, wohin sie sich wenden sollen. Borispol macht den Eindruck, als ob ein Feind mit Feuer und Schwert durchs Land gezogen wäre und hinter sich Nichts als Verwüstung und Elend, Hunger und Noth zurückgelassen hätte neben der Erinnerung an Verbrechen und Gewaltthat.

Ehe ich diesen letzten beschreibenden Brief schließe, will ich die Aufmerksamkeit der Leser auf die Bemerkungen lenken, die „Golos" über die russisch-jüdische Frage macht: „Mehr als einmal", sagt dies Blatt, ist die „Ausbeutung" des Landes durch die Juden als Ursache der beklagenswerthen Ereignisse in Elisabethgrad, Kiew u. s. w. bezeichnet worden. Aber was hat diese „Ausbeutung" hervorgerufen? Wer hat dazu beigetragen? **Die jüdischen Einwohner sind in vieler Hinsicht in den Distrikten, wo sie zu wohnen gezwungen sind, in einer solchen Lage, daß es ihnen unmöglich geworden ist, ihren Unterhalt durch anständigen Erwerb zu finden.** Gezwungen, bei einander zu wohnen, ohne sich entfernen zu dürfen, bringt sie die unbeschreibliche Konkurrenz in den geringeren Erwerbszweigen dazu, sich gegenseitig das Brod aus dem Mund zu reißen. Da ihnen der Besitz von Grund und Boden außerhalb der Städte verboten ist, können sie keinen Ackerbau treiben. Was bleibt ihnen übrig? Handwerk und Handel werden bis zum Uebermaß getrieben. Sollen sie Psalmen singen, um ihr Brod zu verdienen? Hunger ist der unbesiegbarste Trieb des Menschen, und kann man sich da wundern, wenn jedes Mittel ehrlichen Erwerbs den Juden versagt ist, daß sie in vielen Fällen ihren Unterhalt durch weniger ehrenwerthe Berufsarten zu erwerben suchen? Und dann muß das Gesetz, welches dem Kaufmann erster Gilde, der achthundert Rubel jährlich zahlen kann, alle Rechte einräumt, im höchsten Grad die Begierde nach Geld reizen. Wir behaupten deßhalb, daß die Judenfrage nur in einem des Zeitalters und eines christlichen Staates würdigen Sinne gelöst werden darf. Nur alsdann kann die schlimme Lage der Dinge in Südrußland aufhören. Andere Maßregeln mögen zeitweise helfen und die Erscheinungen der letzten Zeit auf eine Weile abwenden. Aber wenn die Wurzel nicht ausgerottet wird, werden die Vorkommnisse sich bald und mit erneuter Kraft wiederholen."

Daß „Golos" die anomale gesetzliche Stellung der Juden als des Uebels „Wurzel" betrachtet und die Unruhen als Folgen der sie drückenden Gesetze bezeichnet, ist von größter Bedeutung.

In meinem nächsten und letzten Brief werde ich meine Ansicht über die russisch-jüdische Frage auseinandersetzen.

XV.

Berditschew, 28. August 1881.

Berditschew, das Hauptquartier des südrussischen „Rabbinismus", ist die letzte russische Stadt, die ich besuche. Ich will deßhalb von hier aus ein Resumé über die jüngsten Judenverfolgungen geben und deren Ursachen nach meinen Erfahrungen beleuchten: Von oben herab wird als Ursache der unüberwindliche Haß der Bauern gegen die Juden wegen ihrer verderblichen Praktiken angegeben. Mit andern Worten, die Erhebung soll ein spontaner Protest gegen das „Schinden" durch die Juden gewesen sein. So äußerte sich sogar der öffentliche Ankläger — nicht der Vertheidiger — der Ruhestörer in Kiew. Betrachten wir die Sache näher, so handelt es sich eigentlich nicht um russische, sondern um polnische Juden. Der Landestheil westlich vom Dniepr gehörte zu dem polnischen Reiche. Hier zu wohnen, ist die überwältigende Mehrheit der Juden gezwungen, „eine Erbschaft von Polen", wie ihr bitterster Feind, der Moskauer Zeitungsschreiber Aksakow, bemerkt. Das Erste, was der moskowitische Eroberer that, war die Russifizirung des Gebiets; es wurde daher befohlen, daß nur Russen, d. h. Großrussen, Landeigenthum erwerben dürften. Diese Bestimmung schloß natürlich auch die Juden vom Landerwerb aus. Zugleich wurde den Juden aber auch der Eintritt in Rußland verwehrt. Nun wohnen die Juden in Polen seit mindestens sechshundert Jahren, es kann also von einer plötzlichen Ueberfluthung der Unglücksgegend keine Rede sein. Sie waren so gut wie die Andern Eingeborene, sie waren mit ihren christlichen Nachbarn seit Jahrhunderten bekannt und vertraut. Das Elend und die Armuth der enormen Mehrheit der südrussischen Juden ist ganz unbeschreiblich. Dörfer auf Dörfer sind voll von solchen, die für ihren Unterhalt auf die 5 oder 10 Kopeken angewiesen sind, die der Mann durch den Kleinhandel täglich zu erschwingen vermag. Die Männer gehen in Lumpen, Frauen und Kinder verbergen sich in ihren Erdlöchern oder Holzschuppen, weil sie keine Kleider anzuziehen haben und sich, ungleich den Bäuerinnen, schämen, ihr Elend zu zeigen. Vielleicht auf der ganzen Erde gibt es keine Elenderen, als die $2^1/_2$ Millionen unter den 3 Millionen Juden in Rußland. Und Niemand weiß das besser, als Muschik, der benachbarte Bauer, der deren Noth und Armuth täglich vor Augen hat, der wenigstens durch ein Stückchen Land sich ernähren darf, der durchaus nicht fanatisch, sondern gutmüthig und tolerant ist. Er verwechselt die Tausende nicht mit dem Einen, dem es besser geht, und der allein im Stande wäre, den Vorwurf des Wuchers auf sich zu ziehen. Betrunken freilich wird er zum Vieh. — Nichtsdestoweniger wird der Ausbruch als spontane Regung des Bauernhasses angegeben, sowohl von den Behörden, als von den drei großen judenfresserischen Organen (dem Moskauer „Ruß" Aksakow's, dem „Kiewljanin" des Pichna in Kiew und des Odessaer „Nowo Rußkei Telegraph" Osmidoff's), als auch in Graf Kutaisoff's Bericht an den Czaren. Aber nicht eine einzige Thatsache wird zur Begründung der Behauptung angeführt. Daß die Ausbrüche nicht spontan waren, ist dagegen über allen Zweifel erhaben. Ich will einige Beweise dafür anführen.

Erstens begannen die Unruhen stets in den größeren Städten, wo Bauern gar nicht existiren. Kiew, Elisabethgrad und Odessa waren die großen Mittelpunkte, von wo aus die Verfolgungen sich strahlenförmig ausbreiteten. Dann waren die Agitatoren und Anführer gar nicht aus dem Distrikt, worin die Unruhen ausbrachen, es waren nicht Kleinrussen, sondern Altrussen aus dem Norden. „Banden dieser Rothhemden", heißt es in dem gedruckten Bericht eines Advokaten, „kamen herunter mit der Eisenbahn, mit bezahlter Fahrt und Geld in der Tasche von Kursk, Kharkow, Pultawa und via Jekaterinoslaw und Krementschug, lediglich um die Aufstände in Kiew und Elisabethgrad und Umgegend zu organisiren und zu leiten. Die Bewegungen einer Anzahl Leute können in Rußland nicht unbeobachtet vor sich gehen. Und, wie die gerichtlichen Untersuchungen bewiesen haben, sobald der Unfug an einem Platz zu Ende war, gingen dieselben Menschen zur nächsten Stadt in regelmäßiger Ordnung, was den Umstand erklärt, daß niemals zwei Ortschaften an ein und demselben Tag angegriffen worden sind ...... Und ferner hat die Regierung selbst die Nichtspontaneität der Bewegung anerkannt, indem sie angab, die Nihilisten wären schuld, die hätten die armen Bauern gegen die Juden aufgehetzt. Bekanntlich rief dies eine Antwort seitens der geheimen Gesellschaft hervor, welche die Behauptung scharf zurückwies. Und weiter. Bei jeder offiziellen Untersuchung stellte es sich heraus, daß die Bauern betrogen worden waren, daß Agitatoren dem unwissenden Volke den Glauben beibrachten, der Czar habe einen Ukas erlassen, der den Angriff und die Plünderung der Juden befehle. Erst vor zehn Tagen wurde eine Anzahl Bauern aus Czarekonstantinow, Woskreschenka, Nowosielkow und Hassjarki vor dem Tribunal in Gulaipol abgeurtheilt, welche auf die Frage, was sie veranlaßt hätte, die Juden in den Ackerbaukolonieen zu Grunde zu richten, erwiderten: „Sie hätten niemals etwas gegen die Juden gehabt und hätten auch jetzt nichts gegen sie, der einzige Grund ihres Benehmens wäre gewesen, daß es geheißen hätte, die Erlaubniß zur Plünderung der Juden sei ertheilt worden, und daß sie sich beeilt hätten, dem allerhöchsten Ukas zu gehorchen". .... Wenn die Erhebung wirklich durch jüdische Ausbeutung, Wucher oder Branntweinverkauf hervorgerufen worden wäre, würde sie sich auf diejenigen Distrikte beschränkt haben, wo diese Uebel existiren, und die andern davon befreit geblieben sein. Aber gerade das Gegentheil war der Fall. In den Ackerbaudistrikten von Gulaipol, wo den Juden der Branntweinverkauf bei zweijähriger Gefängnißstrafe verboten ist, wo jüdische Wucherer unbekannt sind, wurden sie noch schändlicher mißhandelt, als anderwärts, wurden sie vollständig ruinirt. In einer Unterredung, die Graf Kutaisoff mit dem Oberrabbiner Dr. Pesker in Cherson hatte, betonte Ersterer gleichfalls die Mißstimmung gegen die Juden wegen ihrer schlechten Aufführung als Ursache der Unruhen. „Wenn dies richtig wäre", erwiderte Dr. Pesker, „wie lassen sich denn die Verfolgungen zu Berezowka und Umgebung erklären? Dort gibt es nur jüdische Ackerbauer; jüdische Schenken sind unbekannt; und dennoch zeichnete sich die dortige Erhebung durch ganz besondere Rohheit aus." Der Graf fand die Antwort nicht unbegründet. Es müssen eben andere Faktoren im Spiel sein.

Und noch weiter. Wenn der Grund, daß Juden Wucherer und Schenkwirthe seien, wirklich die Ausbrüche veranlaßt hätten, wie kam es, daß die Juden in den westlichen Provinzen nicht überfallen wurden? Dort mag es Wucherer geben, jedenfalls gibt es sehr viele jüdische Schenken. Dennoch hat selbst die bekannt gewordene Indifferenz der Behörden bei den Unruhen in den Westprovinzen glücklicherweise keine Nachahmung derselben hervorgerufen. Sie begannen und blieben Anfangs in denjenigen Distrikten, wo seit drei Jahren die halboffiziellen Blätter eine Judenhetze predigten, und mit Unterstützung des Vorkämpfers des Panslavismus, Aksakow, die Idee der jüdischen „Ausbeutung" dem Volk beizubringen sich bemühten. Dennoch und trotz der Hülfe des Rubels konnte der geduldige Bauer nur dadurch zum Angriff gegen die Juden vermocht werden, daß man ihm einen kaiserlichen Ukas vorspiegelte.

Der Haß gegen die Juden entstand in den Mittelklassen, wie ich mit Beispielen belegen kann, aus der jüdischen Konkurrenz; der Neid ging zuletzt in offene Feindschaft über. Der Bauer ließ sich nur gebrauchen. Ich habe bereits erwähnt, daß aus Moskau, Kursk und Kharkow bezahlte Banden kamen; ich habe ferner erzählt, daß in Elisabethgrad der jüdische Banquier Kohon auf telegraphische Ordre aus Moskau hin dem Haupträdelsführer Grebenyuk das Geld zur Aufhetzung auszahlte; ich will noch hinzufügen, was noch wenige russische Blätter veröffentlicht haben, **daß der Bürgermeister von Kiew, Herr Eismann, wie ihm öffentlich bewiesen worden ist, die Agitatoren in der Stadt mit baarem Geld und mit dem Versprechen der Plünderung zum Ueberfall auf die Juden bestochen hat.** Dies ist die neueste Enthüllung in Angelegenheiten der Unruhen; der Leser mag seine eigenen Schlüsse heraus ziehen. Außerdem stimmen alle Oberrabbiner und Gemeindevorsteher aller Städte, die ich besuchte, ohne Ausnahme, darin überein, daß der Ausbruch das Werk der Partei der „Intelligenz", der Mittelklassen und Geschäftsleute ist, deren Feindschaft durch die Hauptorgane des Panslavismus in Südrußland seit drei Jahren noch mehr angefacht wurde. Der Russe ist ein ebenso tüchtiger Geschäftsmann wie der Jude; Peter der Große sagte, ein russischer Kaufmann dürfte einem jüdischen viel vorgeben und würde ihn doch schlagen. Aber Trinken und Spielen bringt ihn in Nachtheil, und anstatt dies einzugestehen, gibt er dem Juden schuld an seinem Rückgang, und so haben wir eine jüdische Frage.

Hierin wird er durch die panslavistische Presse, namentlich den Moskauer „Ruß" unterstützt, denn die Moskauer Kaufleute und Fabrikanten wissen sehr gut, daß, wenn den Juden gleiche Rechte eingeräumt, und jüdisches Eigenthum sicher wäre, sie bald um ihr Monopol in Südrußland gebracht wären, und der Panslavismus haßt die Juden und möchte sie unterdrücken — russifiziren nennen sie es — weil sie eine Erbschaft von Polen sind. Die russisch-jüdische Frage ist einfach eine Frage des Freihandels gegen Schutzzoll. Es fragt sich: soll der russische Händler auf Kosten seines jüdischen Konkurrenten geschützt werden? wobei natürlich Muschik den Schutz schließlich bezahlen muß. Diese Frage sollten die Unruhen in den Vordergrund drängen. Wenn man den Ausbruch als spontane Erhebung des Bauernstandes gegen die „verderbliche Thätigkeit" des Juden darstellen konnte und dieser „verderblichen Thätigkeit" ein Ziel gesetzt werden sollte, so war die natürliche Folge die Entfernung der hinderlichen jüdischen Konkurrenten. So weit ist der Streich gelungen, und ich fürchte, er wird weiter Erfolg haben.

Die Haltung der Regierung ist leicht zu verstehen. Der Schlüssel liegt in den panslavistischen Ideen, von welchen die offiziellen und höheren Kreise der russischen Gesellschaft durchdrungen sind. Moskau ist die Heimath, das Centrum und die Brutstätte des Panslavismus, des leitenden Prinzips der auswärtigen und inneren russischen Diplomatie. „Rußland für die Russen", ertönt der Ruf, und der Jude ist kein Russe. Was haben die Juden unter diesem Regime zu erwarten? Niemand kann es sagen. Aber die Tendenz der herrschenden Politik kann ich andeuten. Der Vorkämpfer des Panslavismus ist Aksakow, der persönliche Freund des Czaren, sein vertrauter Rathgeber. Er ist die Verkörperung der slavischen Idee. Wie betrachtet er die Judenfrage? „Die Juden in Rußland", schreibt er, „sind ein Erbstück von Polen. Es darf nicht geduldet werden, daß wir unter dem Einfluß sogenannter liberaler Doktrinen Experimente versuchen, die für die Freiheiten des russischen Volkes gefährlich werden. Freiheit für die Juden bedeutet Sklaverei für die russischen Massen. Eine solche Handlung, übereinstimmend mit den angeblichen Begriffen von Fortschritt, würde den Wall zerstören, welcher die Juden abhält, Rußland zu überfluthen, würde das russische Volk zurückwerfen, indem es seine selbstständige Entwicklung hinderte. Die Austreibung der Juden würde nur eine zeitweilige wirthschaftliche Störung hervorrufen, welche durch die spätere glänzende Lage Rußlands mehr als ausgeglichen werden würde. Von einer Gleichstellung der Juden kann keine Rede sein, denn diese würde einfach das Recht, Wirthschaften in den Dörfern zu halten, bedeuten. Wenn die Judenfrage durch die Regierung geprüft wird, kann die Lösung nicht in der Richtung gefunden werden, die Rechte der Juden zu erweitern, sondern das Volk vom Joch der Hebräer zu befreien. Gegenwärtig ist es nur ein wirthschaftliches Joch. Sollten den Juden aber gleiche Rechte gewährt werden, so würde das Joch vollständig werden." Dies sind die Ansichten des mächtigsten Organes in Rußland. Dies sind die Ansichten, welche in militärischen und offiziellen Kreisen vorherrschen. Dies sind die Ansichten, welche den Hof und die kaiserliche Umgebung beherrschen. Und aus diesen inspirirten Aeußerungen muß man auf die Zukunft der russischen Juden schließen.

So schließt der letzte der Briefe, welche der „Jewish World" in London von ihrem Spezialberichterstatter, einem Mitarbeiter an den gelesensten Londoner Tagesblättern, zugekommen sind. Das vorstehend Mitgetheilte ist nur ein kleiner Auszug aus denselben, aber genug, um die Herzen aller Menschen zu erschüttern. Es mag sein, daß bei der Schilderung der Vorgänge in Folge der leicht begreiflichen Erregung des Korrespondenten einzelne Ungenauigkeiten, insbesondere in Namen von Personen und Oertlichkeiten mit untergelaufen sind; aber die Wahrheit seiner Mittheilungen in allen wesentlichen Punkten wird bestätigt durch eine Broschüre „**Fünf Wochen in Brody unter jüdisch-russischen Emigranten**" (bei M. Waizner, Wien 1882), worin M. Friedländer den Zustand beschreibt, in welchem die ersten hundert Flüchtlinge in Brody ankamen, die dann entweder nach Amerika geschafft oder, insofern dies nicht anging, anderweitig unterstützt wurden. Was half da die Million, die Baron Hirsch sofort gespendet hatte! Herzzerreißend wirkt die Lektüre dieser Broschüre, wenn man bedenkt, daß kolossale Summen und nahezu zweimonatliche angestrengte Arbeit (Oktober und November v. J.) dazu gehörten, nur einige hundert Familien vom Untergang zu retten. Sie waren in dem Wahne, sie würden in Amerika Sklaven sein müssen; „aber", sagten sie, „wenn wir auch Sklaven werden, was thut's? Es ist immer noch besser, in Amerika Sklave zu sein, als in solchen grauenhaften Verhältnissen zu leben." Friedländer, der im Auftrag der Wiener Allianz in Brody mit thätig war, bestätigt vollauf, was das englische Blatt über die Persönlichkeit der Emigranten sagt; er schreibt: „Die Männer tragen weder „Peot" noch Kaftan; es sind schöne, große, saubere, intelligente Männer..... Die Frauen sind fast elegant..... Unter den Knaben sind viele, vielleicht die Hälfte, Zöglinge von Gymnasien, welche man, unter dem Vorwande, daß kein Platz mehr vorhanden, entlassen hat." Trotz des unsäglichen Elends kam nicht der geringste Diebstahl vor.

Die Leute lebten mit 20 Kreuzern täglich, lediglich von Brod und Thee, und befanden sich wohl und kräftig dabei. Die Männer verdienten sich zum Theil ihren Unterhalt selbst als Holzfäller, Holzhacker und dergl. Von den Handwerkern hatten Viele Universitätsstudien getrieben; denn eine ganze Klasse jüdischer Studenten in Rußland müssen nebenbei ein Handwerk erlernen, weil ihnen jede Carrière verschlossen bleibt.

Was die unglücklichen Juden seit jener Zeit erlitten, da die „Jewish World" zuerst die Aufmerksamkeit auf die Vorgänge in Süd-Rußland gelenkt hat, darüber fehlen genauere Nachrichten. So viel ergibt sich aus Privatbriefen, wie aus den kurzen Andeutungen der Blätter, daß die Scheußlichkeiten nicht nachgelassen haben, daß auch Gegenden, die früher verschont gewesen, in den Kreis der Judenhetze gezogen worden sind, und daß nach wie vor viele Behörden sich mindestens nicht hindernd dazu verhalten. Die neuesten Nachrichten haben gezeigt, wie richtig der Verfasser der russischen Briefe die Verhältnisse beurtheilt hat. Heute sollte Jeder, welchen Glaubens, welchen Standes, Alles thun, was in seinen Kräften steht, um Menschen, die schuldlos das Aergste erdulden, aus den Händen ihrer Peiniger zu befreien. Wenn Alle einträchtig zusammenwirken, dann kann vielleicht geholfen werden.